Oedi

Argraffiad cyntaf: Awst 1992

Hawlfraint y casgliad ac unrhyw gcrddi
na chyhoeddwyd ynghynt: Y Lolfa Cyf., 1992

Llun clawr blaen: Eric Hall

Rhif Llyfr Safonol Rhyngwladol: 0 86243 273 1

Argraffwyd a chyhoeddwyd yng Ngogledd Ceredigion
gan Y Lolfa Cyf., Talybont SY24 5HE
ffôn (0970) 832 304
ffacs 832 782

Oedi

yng nghwmni

Beirdd Pentrefi Gogledd Ceredigion

NERYS ANN JONES

GOLYGYDD

MYNEGAI I'R LLUNIAU

Y BEIRDD

CYFLWYNIAD

Syniad gwych oedd dethol casgliad o gerddi beirdd y fro i ddathlu ymweliad yr Eisteddfod Genedlaethol ag Aberystwyth yn 1992. A phwy'n well na Nerys Ann Jones, cofiannydd y Prifardd Dewi Morgan, i wneud hynny?

Pan oeddwn yn weinidog yn Nhalybont rhwng 1951 a 1955 soniai J. R. Jones (Gwernfab) yn fynych am y prifeirdd a wreiddiodd yn ddwfn yn niwylliant y filltir sgwâr: Dewi Morgan (awdl 'Cantre'r Gwaelod' 1925), J. J. Williams (awdlau 'Y Lloer' a 'Ceiriog', 1907 a 1908), Ceulanydd (awdl 'Pwlpud Cymru' 1893), David Adams (pryddest 'Olifer Cromwell' 1891) a Machno (pryddest 'Tom Ellis' 1904). Traethai J. R. yn huawdl hefyd am yr eisteddfodau llewyrchus yng nghysegrleoedd bychain y mynyddoedd, yng Nghapel Ceulan, Bethesda Tŷ-nant, Tabor-y-mynydd (Capel Sbaen) a Bontgoch, heb sôn am yr eisteddfodau 'enwadol' a gynhelid yn y pentrefi cyfagos. Bu'r eisteddfodau hyn yn feithrinfeydd i lenorion a beirdd megis William Davies a enillodd droeon yng nghystadleuaeth y traethawd yn yr Eisteddfod Genedlaethol, Richard Morgan, awdur *Tro Trwy'r Wig* a llyfrau eraill, Rosseronian y bardd o'r Borth, Grugog o Fwlchydderwen, Talybont a gyhoeddodd gyfrol o'i gerddi, a L. Ll. Nutall (Llwyd Fryniog), awdur *Telyn Trefeurig*. Ac onid y Tabernacl, Talybont oedd aelwyd ysbrydol Spinther a Dr. Tom Richards, dau hanesydd clodwiw enwad y Bedyddwyr? Teg yw nodi i'r Tabernacl, sydd wedi cau erbyn hyn, 'godi' wyth ar hugain o'i bechgyn i'r Weinidogaeth, ond bu Bethel, y drws nesaf, yn feithrinfa i ddeuddeg ar hugain o weinidogion yr Annibynwyr. Gellid sôn am werinwyr diwylliedig yn meistroli'r gynghanedd a chyfeirio at David Evans, Cwmere, a'i frawd William Evans, Y Ruel, fel englynwyr crefftus. A byddai anturiaethau Twm Jincins, Talybont, a'i gôr plant yn saga ddiddorol . . . Ond er i'r eisteddfodau lleol ddiflannu, dengys y gyfrol hon fod y beirdd yn dal i ganu.

Wrth gymeradwyo'r casgliad hwn o gerddi, trist yw cofnodi na chafodd fy nghyfaill Ifor Davies fyw i weld ei gyhoeddi. Iddo ef y cyflwynodd Nerys Ann gofiant Dewi Morgan. Gellid dweud am Ifor fel yr ysgrifennodd ef am fardd 'Rhos Helyg':

> *Daw ei ysbryd a'i asbri*
> *Yma yn ôl atom ni.*

W. J. GRUFFYDD
(Y cyn-archdderwydd Elerydd)

7

RHAGAIR

Y gystadleuaeth 'Blodeugerdd Bro' yn Eisteddfod Genedlaethol Llanrwst 1989 oedd yn gyfrifol am hau yn fy meddwl y syniad o lunio casgliad o gerddi beirdd fy milltir sgwâr yng ngogledd Ceredigion. Dyfodiad yr Eisteddfod Genedlaethol i Aberystwyth yn 1992 ynghyd ag anogaeth golygydd Gwasg Y Lolfa ar y pryd, Lleucu Morgan, a'm hysgogodd i droi'r syniad yn gyfrol.

Blodeugerdd ydyw o waith beirdd cyfoes a chanddynt gysylltiad â'r dwsin o bentrefi sydd i'r gogledd o Aberystwyth. Cynhwyswyd hefyd gerddi gan ddau fardd o'r ardal a fu farw'n lled-ddiweddar, sef Ifor Davies ac F. Byron Howells. Ym mhob achos bron, dewis y beirdd eu hunain yw'r cerddi a gynhwysir. Mawr yw fy niolch iddynt hwy ac i'w teuluoedd am eu cyd-weithrediad parod ac am eu croeso i mi yn eu cartrefi. Diolch hefyd i'r ffotograffydd dawnus o'r Dole, Eric Hall, am ddarlunio nifer o'r cerddi ac am ei bortreadau o'r cyfrannwyr.

Bu tipyn o feirniadaeth o ambell gyfeiriad yn ddiweddar ar gyhoeddi cyfrolau o waith beirdd 'lleol'. Fe'u cyhuddir o fod yn henffasiwn eu harddull a'u cynnwys ac yn gyfyng eu hapêl. Cytunaf mai prin yw'r enghreifftiau o 'lenyddiaeth fawr' yn y casgliadau hyn ond ar yr un pryd teimlaf yn gryf na ddylid eu dibrisio'n llwyr. Efallai mai fy mhrentisiaeth fel canoloesydd sy'n gyfrifol am fy nghred mai swyddogaeth bwysicaf barddoniaeth ym mhob oes yw ei swyddogaeth gymdeithasol. I mi, y beirdd sy'n canu o fewn eu cymdogaeth yw gwir etifeddion y traddodiad barddol Cymraeg. Y mae i'w gwaith werth am ei fod yn gynnyrch cymdeithas arbennig ac am ei fod yn cael ei ddarllen a'i fwynhau gan aelodau'r gymdeithas honno, boed mewn papurau bro, cyfansoddiadau eisteddfodau lleol neu 'daleithiol' neu mewn casgliadau cyhoeddedig.

Prin y gellid cyhuddo'r flodeugerdd hon o fod yn gyfyng ei hapêl, fodd bynnag. Ceir ynddi waith deuddeg o feirdd yn rhychwantu tair cenhedlaeth ac y mae i bob un ei lais unigryw. Fel yr awgryma W. J. Gruffydd yn ei gyflwyniad, ceir yn y gyfrol hon dystiolaeth fod y pair diwylliannol yn dal i ffrwtian ym mhentrefi gogledd Ceredigion. Hyderaf y bydd yn parhau i wneud hynny yn y blynyddoedd sydd i ddod ac yn y gobaith hwnnw cyflwynaf y flodeugerdd hon i'r genhedlaeth nesaf o feirdd ac o ddarllenwyr barddoniaeth yng ngogledd Ceredigion.

NERYS ANN JONES

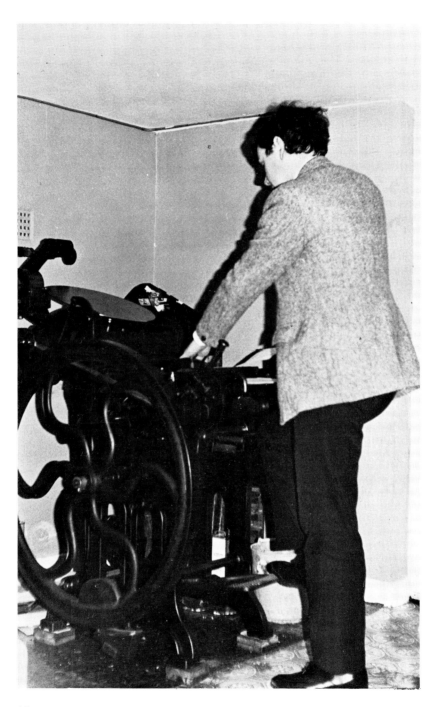

HUW CEIRIOG

NID YW Huw Ceiriog yn ei ystyried ei hun yn fardd go iawn. Sbort yw barddoni iddo meddai, a'r hyn y mae yn ei fwynhau fwyaf yw ymrysona a llunio cywyddau doniol ar gyfer ei gyfeillion. 'Does dim rhyfedd felly mai ef a gafodd y gwaith o olygu blodeugerdd Barddas o englynion ysgafn!

Fe'i ganed yng Nglyn Ceiriog yn 1946 ac yn nosbarth Cymraeg Gwynne Williams yn Ysgol Ramadeg Llangollen y dechreuodd ymddiddori mewn barddoniaeth a dysgu'r cynganeddion. Bu ar un adeg yn gystadleuydd brwd mewn eisteddfodau ac yn ystod y saithdegau enillodd gadair a choron Eisteddfod Powys a chadair Eisteddfod Môn.

Y mae'n gweithio yn Adran Lyfrau Llyfrgell Genedlaethol Cymru ers blynyddoedd maith bellach ac wedi ymgartrefu yn Y Wern, Penygarn. Yr oedd yn aelod o dîm Talwrn y Beirdd Bow Street ac ef yw golygydd presennol Cornel y Beirdd yn *Y Tincer.* Gwnaeth draethawd M.A. yn ei amser hamdden ar waith rhai o gywyddwyr gogledd-ddwyrain Cymru a chyhoeddwyd ei olygiad o waith Huw Ceiriog ac Edward Maelor gan Wasg Prifysgol Cymru yn ddiweddar.

Argraffu yw un o'i ddiddordebau pennaf. Y mae ei wasg, sef Gwasg y Wern (a Gwasg yr Arad Goch cyn hynny) wedi cyhoeddi argraffiadau cain o gerddi megis *Kanu y Gwynt* o Lyfr Taliesin a Marwnad Gruffudd ab yr Ynad Coch i Lywelyn ein Llyw Olaf. Ei uchelgais, meddai, yw argraffu ei olygiad ef ei hun o waith Huw Ceiriog (y bardd go iawn)!

Cyhoeddwyd 'Llyfrgell' o'r blaen yn *Cerddi '77,* gol. W. Rhys Nicholas. Diolch i Wasg Gomer am ganiatâd i'w hailgyhoeddi.

11

Y Frwydr

(Detholiad)

Pan fu lew Loegrwys foloch,
Pan oedd llif Ceiriawg lliw coch.

Prydydd y Moch

Erys co' dros y caeau,—yn aeddfed
    Amgueddfa cloddiau
   Awst y tir, am wastatáu
   Byddin yn Adwy'r Beddau.

Bidogau enbyd o egin—a hyllt
    Elltydd â'u dur deufin;
   A gwaed oer o'r gad erwin
   Yw hydre' mwy'n rhydu'r min.

* * *

   Llawer canrif a lifodd
   Ers y bu, yn groes i'w bodd,
   Yn y llidiog Geiriog goch,
   Filoedd o'r 'Lloegrwys foloch'.

   Daethant trwy geunant a gallt,
   Trwy feysydd, hyd dref Oswallt,
   A dirwyn yn hyderus
   Heibio i'r Waun, heb ddim brys,
   Hyd y Clawdd, heb weld cleddyf—
   Milwyr hardd, ymwelwyr hyf.

   Yna, un saeth fel gwennol
   A yrrwyd o adwy dôl.

   A bu cad lle bu coedwig,
   Diliau gwaed lle bu dail gwig.

Yno bu eu Harri'n ben,
Rheolai'r fro a'r heulwen.

Yna'i ffawd a'i lwc a ffodd,
Golau yr haul a giliodd,
A chymylau broch milain
Inciai wawl y Berwyn cain.

Wedi'r dydd fe waedai'r don,
Lliw rhyfel oedd lli'r afon.

* * *

Anhygoel, a mi'n hogyn,—yr hanes
　　Drwy enau y sgwlyn;
　Cael gwychder, glewder y glyn,
　A'i gael yn iaith y gelyn.

Heddiw'r estroniaid a heidiant,—i ddwyn
　　Barddoniaeth o'r gornant,
　Chwilio rhin y pîn a'r pant,
　Tremio, heb ganfod rhamant.

Y rhain ni ŵyr yr hanes—ni wyddant
　　Am flynyddoedd gormes;
　Rheidrwydd iddynt yw rhodres
　Wrth ymlid gwrid yn y gwres.

Nid yw ennill ond unnos:—y gelyn
　　A giliodd ddechreunos
　A ddaw'n ôl cyn diwedd nos
　A'i her o hyd yn aros.

Gwawr ein gorffennol golau—a dduodd,
　　Fe ddaw o'r gororau
　I'n cwm, a neb i'w nacáu,
　Byddin drwy Adwy'r Beddau.

Llyfrgell

O'n holl lyfrau, lleiafrif
sy biau'r ias i barhau
o genhedlaeth i genhedlaeth.
'Does brin adlais
o fawredd y gweddill.
Torrwyd syniadau'n eiriau cywrain,
a'r geiriau'n lyfrau led-led
y byd gwybodus.
Mewn llyfrgell, bellach,
y gwelwn y llu'n digalonni'n y llwch.
Silff ar ôl silff yno sydd
yn gofadail gofidiau
yr awduron gwirion gynt.

Yma hefyd mae hafan
a rhif i lawysgrifau.
Mae rhin yn y memrynau,
hanes yn rhan ohonynt.
Rhyw hen fynach di-achwyn
yn ei grefft, yng Nglyn-y-Groes,
a'i gannwyll yn annigonol,
addolodd Dduw â'i ddwylo.
Hwn roddodd i'n gwareiddiad
ein treftadaeth,
ein llên o'r llwch.

Mae'n braf i minnau brofi
o wynfyd y gronfa;
gweld yr inc fu'n goludo rhyw oes,
ysgrifen beirdd fel sagrafen eu bod;
llyfrau a rannai holl lafur yr enwog,
a'r rhai anghofiwyd
yn rhengau ufudd.

Yn encil y llyfr mae pob un yn cael lle.

Emrys Jones (1919-1981)

Cyd-aelod o dîm Talwrn y Beirdd Bow Street

Amhosibl ydyw mesur
Holl led ein colled a'n cur;
Ni all yr holl benillion
Dan y sêr amdano sôn.

Llawen oedd, ni allai neb
Ei weld heb weld sirioldeb.
Er dioddef cnul helbulon
Ni allai ef ond byw'n llon.

Storïau a stôr Awen
Gaem o hyd, i gyd â gwên,
Yr Awen na chaiff heno
Y mwynhad o'i gwmni o.

O'i roi'n rheng chwyrn yr Angau
Ni fyn y cof ei nacáu;
Er gwŷs astrus y distryw,
Er ias bedd, bydd Emrys byw.

Cywydd i Ofyn Peiriant Torri Gwair

Annwyl Seth,
                    Sut fu pethe
Yn heulwen boeth Colwyn Bê?
Yma, Ann sy'n fy mhoeni,
Wron hael, tiwn gron yw hi.
Am y lawnt mae helyntion,
Sawl ffrwgwd brwd, Falklands bron!
Un nos daeth mul drws nesa'
Dan y ffens i godi'n ffa,
A bwyta, bu heb atal,
Dan y sêr nes mynd yn sâl.
Wedi'i wledd bu'n dodi i lawr
Resi o fomiau drewsawr.

Ein Ann aeth mewn bicini
Tua'r lawnt, torheulai hi
Yn wynias yn ei chanol,
A chysgu bu ar ei bol
Gan freuddwydio yno'n od
Hyd y lle weled llewod.

Yn sydyn fe ddihunodd
Yn yr hwyr, a gwaedd a rodd:
Ein llwyd wair crinllyd ei wedd
O'r adfyw oedd chwe troedfedd!
'Roedd Ann ar goll yn hollol,
Ni wyddai 'nawr y ffordd 'nôl.

Fy Ann sy'n benderfynol,
Mae'n mynnu'n hy ei lawnt 'nôl.
Yn naturiol, rhaid torri
Y gwair hwn, neu digir hi.

Hynod ŵr, gymydog da,
Heb erfyn i'r fath borfa
Ydwyf i. Bûm hyd y fan
Yn ŵr crwm gyda'r cryman.
Cywir wyf, y gweiriau cry'
Yno, Seth, wnaeth ei sythu!
Y bladur, anabl ydoedd
Yno, diawch, di-awch a oedd.
Y Qualcast aeth yn gastiog,
Yn ddi-rym, pwdodd y rôg.
Gofyn wyf, a gaf yn awr
Y minfain Flymo enfawr?
Yna'r gwair o uchder Guards
Â'n ddi-beli fwrdd biliards,
Ac Ann gaiff fynd i'w ganol,
Yno'n bert i frownio'i bol.

Os llawen fydd y fenyw,
Gorau oll,
            Yn gywir,

            Huw.

IFOR DAVIES

AR FEDI 30ain, 1990 bu farw Ifor Davies yn chwech a phedwar ugain oed. Un o deulu diwylliedig Garth Lwyfain, Bow Street, ydoedd ac yng nghwmni ei dad David Davies, ei frawd Merfyn, ei gyfaill Dewi Morgan, a T. Gwynn Jones y dysgodd gyntaf am feirdd a barddoni. Er iddo ddangos addewid yn gynnar drwy ennill mewn sawl eisteddfod leol, ni ymroes i farddoni'n gyson, efallai am fod gymaint o weithgareddau eraill yn mynd â'i fryd: pêl-droed a physgota, hela a saethu, a chyfarfodydd y capel. Yn wir, ni ddechreuodd gystadlu o ddifrif hyd bymtheg mlynedd olaf ei fywyd, wedi iddo fynd yn gaeth i'w gartref oherwydd afiechyd.

Ei arwyr cynnar oedd J. M. Edwards, Caradog Pritchard a Prosser Rhys ac y mae ôl dylanwad eu hawen delynegol hwy ar lawer o'i waith. Wedi cyrraedd oed yr addewid, fodd bynnag, newidiodd naws ei gerddi'n llwyr pan ymroes i ganu'n rymus ar bynciau cyfoes. Yn ei henaint enillodd wobrau'r prif wyliau bron i gyd, gan gynnwys cadair Eisteddfod Môn yn 1990 a choron Eisteddfod Llanbedr Pont Steffan ddwywaith, yn 1989 ac yn 1990.

Da y galwodd ei gyfaill W. J. Gruffydd ef yn 'deiliwr cerdd'. Yr oedd yn grefftwr wrth reddf, wrth ei fodd yn cynorthwyo beirdd eraill gyda'u hymdrechion. Yn wir, nid oedd ei debyg am ddod o hyd i'r union air yr oedd ei angen i gwblhau llinell yng ngwaith rhywun arall! Yn ei hen ddyddiau, yr oedd ei gof yn rhyfeddol o glir ac arferai ddiddanu ei gyfeillion am oriau bwy gilydd gyda'i atgofion byw o eisteddfodau, cyngherddau a nosweithiau llawen ei ieuenctid. Yr oedd ei ddiddordeb yn y 'pethe' yn ddihysbydd ac yr oedd croeso cynnes yn ei gartref yn Aberystwyth i unrhyw un a rannai'r diddordeb hwnnw.

Ysgol Rhydypennau

(1974)

Hen le braf ar ael y bryn,
Hen le antur pob plentyn,
Erys fel plas urddasol
Ar waun deg rhwng bryn a dôl,
Addurn bro i gofio gwaith
Gwŷr a'u hoffter at grefftwaith.

Daeth enwogion ohoni
Yn wŷr brwd yn fawr eu bri,
Gwŷr fu'n sêr mewn llawer llan
Yn haul hefyd ar lwyfan,
Dyddiau aur ei chlodydd hi
O seddau'r uchel swyddi.

I ni caed ysgol newydd,
Un gain o feini a gwŷdd;
Hoff le athrawon a phlant,
Hwyl iddi a mawr lwyddiant
I'r iaith o hyd i barhau
Heb huno'n Rhydypennau!

Y Gair Olaf

Pennaeth y garfan walltog
  Adawodd dŷ ei Dad
I arwain criw o hipis
  Ar dramp dros lwybrau'r wlad.

Cerddodd y llwybyr unig
  Â thrymder dan ei fron;
Mae eco'r gri 'Gorffennwyd'
  Ar donfedd daear gron.

Llyn Eiddwen

Yn unig ar lawr mynydd
Y dawns ei don nos a dydd;
Bro ddedwydd y bardd ydoedd,
Hendre wen ei awen oedd.

Yn oriau dwys hwyr,y dydd
Ba rawd oedd well i brydydd?
Ei llethrau a'i herwau oedd
Yn ofid ac yn nefoedd.
Yn sawr mawn, yn si'r manwair
Hidlo'i gerdd, cenhedlu gair,
Nid â o gof gwlad gyfan
Ei nwydus atgofus gân.

Ni ddaw awenydd heno
I dorri hun ei hendir o,
Aeth i'w ddiadlam dramwy
Ac ni ry gam yma mwy,
Ar ei ôl deil i barhau
Naws a hud hen seiadau.

Llyn Eiddwen, bro'r awenydd,
Garw ei lun ar derfyn dydd,
A thwyn a thraeth ewynnog
Heb wylan na chân na chog.

Niclas y Glais

Mewn cap, siwt frethyn cartre', a thei dici-bo,
A sandalau di-hosan, comiwnyddai drwy'r fro,

Sigarét mewn coes bren-ceirios rhwng ei ddannedd clên
I gadw'r tân rhag rhuddo ei afrog ên;

Camu'n hamddenol ar hyd Rhodfa'r Môr
Â'i wegil at golofn bres etifedd Sior.

Yn ei 'ddonci bach' yr Ostyneiddiai ei rawd
I ddiorseddu cilddannedd ei werin dlawd.

Bu'r deintydd-bregethwr ym mhulpudau'r wlad
Yn dryllio diwinyddiaeth a chredoau ei dad.

Daeth efengyl newydd sbon dros drothwy ein clyw
Wrth barablu'n fyrlymus am Stalin a Duw.

Dilornodd ragrith y Phariseaid a'u gwanc,
A'r cyfalafwyr yn ei alw'n gomiwnydd a chranc.

Bu'r pinsiwrn a'r bregeth yn tarfu'r nerfau mewn sioc
Wrth chwipio'r esgobion a'r holl frenhinoedd broc.

Y paradwys yn Rwsia oedd ei seithfed nef,
Ond y cyw a fagwyd yn uffern oedd ef.

Pan hyrddiwyd hogiau diniwed o'i Gymru i Ffrainc
Daeth rhythmau cadarn i gythruddo ei gainc;

Cyrnoliaid mwstasaidd yn rhethregu yn ffrom
Uwch cyrff trueiniaid mynwent ddi-feddau y Somme.

Bu yn rebel ei enwad yn herio pob gwŷs,
Swyddogion y Cwrdd Cwarter, a llysnafedd seimllyd y llys.

Lluniodd gerddi o gysur i werinoedd blin,
I'n tywys o rigol ddofn gwallgofrwydd y drin.

Er ei gaethiwo i gell gan lywodraeth a'i theyrn
Daeth ffrwd o sonedau rhwng y barrau heyrn.

Ni chloddiwyd iddo fedd yn Antioch y plwy',
Ond gwasgarwyd ei lwch ar ael Crugiau Dwy.

Creithiau

Ar hwyr Sadyrnaidd
　Unig fy myw,
Diflannodd hithau
　Tu hwnt i glyw.

Y creulon ddisgwyl
　Ei dyfod ar daith,
A'r ebill miniog
　Yn dyfnhau'r graith.

Meddyliau ffwndrus
　Megis llwybrau'r foel
Yn estyn-gymell,
　A'u cael yn ddigoel.

Corn yn ysmygu
　A'r mwg yn tindroi,
Minnau fel yntau
　Yn oedi cyn ffoi.

Geilw y clychau
　O'r tyrau main,
A chofia'r werin
　Am hoelion a drain.

Daw Sul y Blodau
　Â'i lygaid llaith
I chwynnu'r gramen
　Ar wyneb y graith.

Cywydd Coffa i'w Hen Gyfaill
Dai Jones, Glan y Gors

Adroddwr, crefftwr craff

Y gaeaf yn y gwiail
A'i dwrf yn erlid y dail,
Noethi gwaun a pherthi gwig
Anheddau bro fynyddig,
I'r llan daeth ei oriau llwyd
Â hir alaeth i'r aelwyd;
Dygwyd o'r hen gymdogaeth
Y ffrind a'r adroddwr ffraeth.
Bro ddihafal ei galon,
Orau'i ddawn a rodd i hon;
Ddawn gain y celfyddion gynt,
Hwn a hanoedd ohonynt,
Yfodd o win eu hafiaith
O wydrau hud 'sblander iaith.

Ar rawd oedd ddieithr yr aeth
I lain oer lawn o hiraeth,
Arwyl a fu o'r Ŵyl Fawr,
Nadolig dan y dulawr.
I degwch bro gymdogol
Â'i ddawn wiw ni ddaw yn ôl,
O'i roi yn hendre'r ywen
'Nghwmni llu o gewri llên,
Hen ddeiliaid mwy ni ddelont
O gau'r bedd. Mor wag yw'r Bont.

Darfu'r hwyl a'r morthwylio—a'i afiaith
Ar lwyfan ei henfro,
Unig yw'r gweithdy heno,
A'r hen grydd yn oerni gro.

D. GWYN EVANS

Cana'r adar o bob rhyw,—arïau
Sy'n cyffroi dynolryw;
Er hwyl y cân y rhelyw
Ond o raid y cân y dryw.

DYMA SUT y canodd T. Arfon Williams i un y cyfeirir ato yn annwyl gan lawer o'i gyfeillion fel 'Gwyn Bach'. Ganed D. Gwyn Evans i deulu mawr o blant talentog ar fferm Blaenffynnon, Tegryn, mewn ardal o'r hen Sir Benfro a elwir yn aml yn 'fro'r beirdd' am fod cymaint o feirdd y sir wedi eu magu yno o fewn tafliad carreg i'w gilydd. Nid yw'n syndod felly i ddau o fechgyn Blaenffynnon ddatblygu'n feirdd o bwys. Cadeiriwyd Tomi Evans yn Eisteddfod Genedlaethol Rhydaman 1970 am ei awdl 'Y Twrch Trwyth'. Bwriodd Gwyn ei brentisiaeth farddol yn ei filltir sgwâr dan ofal Brynach Davies, ond yng Ngholeg Presbyteraidd Caerfyrddin, yng nghwmni rhai fel Gerallt Jones a Jacob Davies y daeth i ymddiddori mewn barddoni a mynd ati i gystadlu o ddifri. Wedi bod yn weinidog gyda'r Annibynwyr yn nyffryn Cothi, dyffryn Tywi, ardal Rhydaman a Phencader, daeth i Dalybont a'r Borth yn 1968 ac aros yno hyd ei ymddeoliad i Aberystwyth yn 1979.

Bardd eisteddfodol yw Gwyn Evans yn anad dim, a her y testun yn brif ysbrydoliaeth iddo. Enillodd ei gadair gyntaf yn Eisteddfod Myddfai yn 1953 ac ers hynny bu'n cipio cadeiriau'r prif eisteddfodau 'taleithiol' yn rheolaidd, gan gynnwys eisteddfodau Pontrhydfendigaid, Llanbedr Pont Steffan a Gŵyl Fawr Aberteifi. Enillodd wobrau lu yn y Genedlaethol am gywyddau, englynion, emynau, tribannau a phenillion telyn, a bu'n feirniad droeon. Y mae hefyd yn adnabyddus ledled Cymru fel ymrysonwr a thalyrnwr o fri ac fel un o gonglfeini Cymdeithas Cerdd Dafod. Yn ddiweddar cyhoeddwyd casgliad o'i gerddi gan Barddas dan y teitl *Caniadau'r Dryw*, teitl a ysbrydolwyd gan yr englyn uchod.

Cyhoeddwyd yr englynion coffa i Roy Stephens, un a fu'n ysbrydoliaeth i gynifer o feirdd ac egin-feirdd y parthau hyn, yn *Caniadau'r Dryw*. Diolch i Barddas am ganiatâd i'w hailgyhoeddi.

Naw o Flodau Gwylltion

Blodau'r Drain

Hen lwyn cam dan len cymun—a'i gain had,
    Mai a'i gwnaeth yn burwyn;
    Bu'r gawod fel brig ewyn
    Ar ddu goed yn hardd a gwyn.

Daffodil

Daw â'i heulwen i dalar—a'i aur gorn
    Ddeffry gwsg y ddaear:
    T'wysog cain tusw cynnar
    A dathlu'r Cymry a'i câr.

Briallu

Cwyd blodau gŵyl anwylaf—hyd lwybrau
    Dôl Ebrill lle cerddaf;
    Yn eu melyn, canmolaf
    Wyrthiau 'rhain ar drothwy'r haf.

Gold y Gors

Gold y gors, goludog ei wedd—a'r aur
    Goruwch y llysnafedd,
    Ofered yw ei fawredd
    A'i liw a'i faint fel o fedd.

Rhosyn Gwyllt

Pendefig ar lwyn pigog—a'i arogl
    Peraidd yn odidog;
    Dringwr îr, ceinder yng nghrog
    O liw'r ôd neu loyw wridog.

Bysedd y Cŵn

Addfwyned yw'r hardd fenig,—a hudol
    Flodau llawr y goedwig,
   Eto mewn bro maent i'w brig
   Yn gŵn annwn gwenwynig.

Dant y Llew

Ni wnâi hwn, a mam yn iach,—ennill lle
    Ymysg llu'r gyfeillach,,
   Ond a hi'n fusgrell bellach
   Mae'n eger drwy'r border bach.

Y Pabi Coch

Blodau ar feddau'r fyddin—yn hwndrwd
    Tir Fflandrys yr heldrin
   A lli' y gwaed fel lliw gwin—
   Arwriaeth angau'r werin.

Eirlysiau

Atebant, codant fel cad—yn wynion
    I'r wanwynol alwad:
   Tystion brau ar gloddiau gwlad
   O fyd yr atgyfodiad.

Aberth

Pan ddelai'r gwanwyn i Drecŵn
A deffro'i gysglyd goed
Doi'r lwydlas hithau i'r hen gwm
Mor haerllug ag erioed,
A phrawf o aberth adar ffôl
Oedd magu'r cyw oedd ar ei hôl.

Daw'r gwanwyn eto i Drecŵn
A'i gael yn brysur fyw,
Bu eryr Mawrth i fyny'r cwm
A gadael yno'i gyw,
I wŷr a merched pant a rhos
Redeg i'w borthi ddydd a nos.

Fe wêl pob dau aderyn
Gyw'r gog yn gado'u nyth,
Ond erys hil yr eryr
Yn gegagored fyth
Ac ni wêl gwerthwyr llawer plwy'
Mai diwerth yw eu haberth hwy.

Derwen

'Roedd derwen fawr yr Hafod
Yn aeddfed wydn i'r saer,
Pan ddaeth i'm dwylo innau
Drwy ddwylo llawer aer,
Ond pwy a ffeiria'i hunan-barch
A throi'r hen deyrn yn estyll arch?

Bydd dolen wedi ei thorri
A dyn yn euog dlawd
Pan welir tw'r canrifoedd
Yma'n ddau bentwr blawd;
Gweld un fu'n derbyn taid fy nhaid
A'i breichiau cnotiog yn y llaid.

Ac o daw neb i'm temtio
Ym mwlch ei theyrnas hi,
Daw lleisiau'r rhai a'i dringodd
O'r llan i'm clustiau i:
Af atynt hwy pan ddelo f'awr,
Ond nid yng nghôl y dderwen fawr.

Er Cof am Roy Stephens

Cynnar gam ym Mrynaman—a'i hanes
   Enynnodd y cyfan;
  A'i hen gwm 'ddeffrôdd y gân
  Yn ei enaid a'i anian.

Miniog oedd ei ymennydd—yn nithio
   Maes ffeithiau'r Gwyddonydd,
  Ond clod Cerdd Dafod y dydd
  A'i hanes fu'i lawenydd.

Doethur, er ei wybodaethau,—yr un
   Oedd Roy yn ei raddau,
  A'r un oedd wrth gadarnhau
  Neu wella ein llinellau.

Onid trist yw'r ergyd drom—a'i hadwy
   I bedwar ohonom;
  Ni ddaw i'r seiat atom
  Â'i hynaws wên: chwerw yw'n siom.

Yn llyw disgyblion llawen,—yn aelod
   O'n Talwrn mewn angen,
  Onid llwm seiadau llên
  Heb Roy i hybu'r awen?

A hwythau'n cyd-hiraethu—yno'n drist
   Dan dreth y galaru,
  Boed Duw'r Tad yn dad o du
  Anwyliaid hoff ei deulu.

Cywydd Cyhoeddi Eisteddfod Genedlaethol Cymru Ceredigion Aberystwyth, 1992

Ar y maen uwch tonnau'r môr
Rhengoedd sy'n bwrw angor
I roi hwyl i brifwyl bro,
Yn llon i'ch cymell yno.
Agor dôr i naw deg dau
I'n henwyl a wnawn ninnau,
A heddiw rhown gyhoeddiad
I enwog wledd gorau'n gwlad.
Boed tramwy Mynwy a Môn
I degwch Ceredigion!
Ba awydd gwell i Bowys
Na theithio i'r fro ar frys?
Morgannwg, tir mawr Gwynedd,
Neu o Glwyd, dewch i'n gwledd!
Gwerin a glyw utgyrn gwlad
Yn hwylus seinio'r alwad;
O'n henfro aed yn unfryd
Y ffanffer i bellter byd!
Yma bydd rhad eich tramwy
Heb warth mên hen dollborth mwy;
I deithwyr mae'r Ffigur Ffôr
A'i ddrygwaith yn rhydd rhagor.
Dewch yn llu heb dalu darn,
Heb oedi, i Lanbadarn!
Hawddamor, saif ein gorsedd
A'i nawdd hi i floeddio hedd;
Un ei barn yn erbyn byd
Ar lwyfan yr ŵyl hefyd.
I'r hen ŵyl cadarn yw hi,
A'n gwaddol sy'n ei gweddi
Dros y gwir, i hir barhau
Ei nodded am flynyddau.

Awn o'r maen a thonnau'r môr
I ddisgwyl dyddiau esgor,
I'n geiriau a'n pwyllgora
Yno i ddwyn 'steddfod dda.
Gŵyl o fri i ni yw'r nod
Yn haul Awst a'i hwylustod.

Y Diweddar Brifardd Dafydd Jones

Nid oeddit namyn bugail yn Ffair-rhos
   Yn gwylio'r diadelloedd ar dy hynt,
Heriaist ddrycinoedd pan oedd clawdd a ffos
   Yn lluwchfeydd eira o dan lach y gwynt;
Ond oerach ergyd yr ystorom fawr
   A chwythodd arnat i dristáu y Fron
Pan ddaeth y Gelyn a grym Angau gawr
   I chwalu d'aelwyd lle bu gwynfyd llon.
Dysgaist arloesi'n fforwm beirdd y Ffair
   Nes dod ohonot yn bencampwr gŵyl,
Eiddot yr ateb a'r parotaf gair,
   Hen ymrysonau timau'r her a'r hwyl;
Dycnwch dy awen fu mor ddinacâd
Nes dy ddyrchafu yn goronfardd gwlad.

O. T. EVANS

YN ÔL O. T. EVANS, y ddau ddylanwad mawr a fu ar ei ddatblygiad fel bardd oedd Dewi Emrys a'r Parch. D. J. Roberts, Aberteifi. Yn frodor o Rydlewis, ei ddiwyllio'i hunan a wnaeth a dechrau barddoni drwy anfon 'englynion' i Babell Awen *Y Cymro*. Bu Dewi Emrys yn fawr ei ofal o'r prentis ifanc, yn ei annog yn gyson i ddal ati i farddoni ac i gystadlu. Ac yna, wedi iddo ddysgu ei grefft, fe'i gwnaed yn ymwybodol o geinder iaith yn nosbarthiadau allanol D. J. Roberts yn Sarnau.

Enillodd nifer o gadeiriau yn ystod ei gyfnod yng Ngholeg Presbyteraidd Caerfyrddin ond prin oedd yr amser a gai i farddoni wedi iddo fynd i'r weinidogaeth. Bu'n weinidog gyda'r Annibynwyr am dros ddeugain mlynedd gan ddechrau ar ei yrfa yn Bow Street a'r Borth. Priododd ferch o'r Borth ac o'r herwydd bu ei gysylltiad â'r ardal yn glòs ar hyd y blynyddoedd.

Ers iddo ymddeol y mae wedi cael mwy o hamdden i farddoni. Ef yw telynegwr tîm Talwrn y Beirdd Aberystwyth, a chyfeddyf mai'r Talwrn yw prif ysgogydd ei awen erbyn hyn. Cynnyrch cystadlaethau'r Talwrn yw llawer o'r cerddi a ymddangosodd yn ei gyfrol *Clymau* a gyhoeddwyd yn ddiweddar, ond cerdd eisteddfodol a roddodd ei theitl i'r casgliad. Yn ddi-os, ennill cadair Eisteddfod Pontrhydfendigaid yn 1989, ynghyd â choron Eisteddfod Llandegfan yn 1988 oedd uchafbwyntiau ei yrfa eisteddfodol, ond bu hefyd yn fuddugol droeon ar y soned a'r delyneg yn yr Eisteddfod Genedlaethol.

Diolch i Lys yr Eisteddfod Genedlaethol am ganiatâd i gynnwys y gerdd 'Gwarchod' a fu'n fuddugol yn Eisteddfod Bro Delyn, 1991.

Twm

Ni wybu dwrf neuaddau'r disgo pell
   Na miri'r ffermwyr ieuainc yn y clwb,
Ni ddaeth i'w ran erioed hwyrnosau gwell
   Na hel yr ieir i'r glwyd a'r ast i'r cwb;
Lleferydd y plwyfolion ar ei fin
   A siarad Sul pan oedd y Sul yn wâr,
O griw y meinciau plaen a'r plygu glin
   Doed haul neu gawod ar ei filltir sgwâr.
Paham yr hiraeth hwn am oes a fu
   Yn niwyg trowser rib a chap ar dro?
Meidrolion oeddynt hwy'r 'gwerinaidd lu'
   Sy'n dal i wibio dros lwyfannau'r co'.
Ai am fod Twm heno tu hwnt i glyw
Crochleisiau'n gwybodusion, strach ein byw?

Y Gymdeithas Rydd

Pa hyd y pery'r allor yn y llan
   I warchod hen dreftadaeth dau-yn-un
A llw'r cyfamod yn sancteiddio'r fan
   Pan ydoedd mab yn fab a bun yn fun?
Deuoedd mewn diniweidrwydd yn tindroi
   Uwch paciau del a'u rhoddion dechrau byw,
Gweddïau'r saint o'u hamgylch yn crynhoi
   A salmau eu gwyryfdod ar eu clyw.
Pa godwm erch ar ffald ein byw a droes
   Gysegr y cnawd yn hofel chwant a blys,
Dryllio cadwynau addewidion oes
   Heb wrid ar fochau yn neuaddau'r llys?
A'r plant yn crefu'n ddwys am gysgod tad
Ac arffed mam uwch adfail eu hystad.

Gwarchod

Ofer ymestyn heno
  am y dwylo nad ŷnt
    a syllu i'r gwacter.
Palu am air
  a hwnnw'n disgyn
    ar fyddardod ffrâm
    a llun.

Ond mae'r llais
  nad yw lais
  yn fy nilyn
    ar fy nhrafael
      fel cydwybod,
  a'r distawrwydd di-ben-draw
  yn cau amdanaf.

Mast Blaen-plwyf

(Molawd)

Dyrchafwn ein golygon atat
    ac ymgrymwn o'th flaen.
Ti yw cymwynaswr ein bro
    a'n gwyliwr ar y tŵr.

Rhoddaist in y llun
    y breuddwydiasom amdano
        yn y cwm pell
            a'r dyffryn islaw.

Ehangaist ein gorwelion
    a'n deffro i wylofain plant dynion.
Peraist i ni guddio ein hwynebau
    mewn cywilydd dro ar ôl tro,
    a'n suo drachefn i gwsg anghofrwydd
        o dan gyfaredd y nosau hudol
            ar y sgrin.

Wyt roddwr pob llun sy'n llechu
    yn ystafelloedd cudd ein calonnau.
Rhoddaist i blant y goleuni a'r tywyllwch
    eu haeddiant.

Rhoddwn ein ceiniogau prin
    i'th gadw'n dalsyth ar dy orsedd.
Ein creadigaeth wyt—
    canmolwn waith ein dwylo.

Cynghorion i Weinidog neu Offeiriad yn y Naw Degau

'R ôl croesi i'r naw degau
A'r gwyddon wrth dy sodlau,
Nac ofna ddyn a'i fyd dan len
A'i Eden yn ffwrneisiau.

Dan lach a gwawd dysgodron
A thithau mewn amheuon,
Mae nerth wrth law o hyd i'r gwas,
A gras i dewi'n ddigon.

Paid rhuthro i gollfarnu
Yr ifanc sydd yn cefnu,
Ni wyddost ti am wewyr ffydd
Y rhai a'u dydd yn fagddu.

Paid dyrnu yn ddiarbed
Ar bechod heb ystyried
Ei fod mor hen â'r cread crwn
A'i bwn yr un mor galed.

Cei droi ymysg parchusion
A rhai mewn dillad gwychion,
Ond gwêl drwy'r craciau yn y tŵr
Y Gŵr mewn sgidiau hoelion.

Darostwng furiau culni
Enwadaeth mewn eglwysi—
Pwy ŵyr nad ydym ninnau oll
Ar goll yn y Goleuni?

Wrth ddisgwyl am gynhaeaf
Yn achos y Goruchaf,
Bydd ambell ysgub yn dy law
Yn braw' o'r grymoedd mwyaf.

Cofia am dŷ'r crochenydd
A stori'r creu o'r newydd,
'R ôl oesoedd maith o drin y clai
Bydd rhin a bai'n dragywydd.

Llefara wrth oes ferw
O anghrediniaeth chwerw,
Fod Iesu Grist o hyd yn fyw,
'A Duw ddim wedi marw'.

Rhigol

Eisteddasant yn rhes
    fel mewn ystafell aros,
  rhythu tua'r nenfwd,
    a'u sgwrs yn teneuo
      o ddiwrnod
        i ddiwrnod.

Synhwyro rywsut
    amser cinio a the,
      amser gwely,
    heb wybod,
      o dabled
        i dabled,
  y dydd na'r awr.

MABLI HALL

Y MAE Mabli Hall wedi bod yn byw ar ynys anghysbell Iona yng ngorllewin yr Alban ers rhyw dair blynedd bellach. Yn enedigol o'r Dole ger Bow Street, aeth i Iona am y tro cyntaf yn ddeg oed ar wyliau haf gyda'i theulu. Yn 1987 gadawodd Brifysgol Caerhirfryn wedi graddio mewn Astudiaethau Crefydd a threulio'r haf ar yr ynys yn gweithio yng ngwesty'r Argyll. Yna, wedi cyfnod o waith gwirfoddol yn Kettering, swydd Northampton, a blwyddyn o gwrs ysgrifenyddol yng Nghaerdydd, dychwelodd i Iona. Y mae'n ei chael yn anodd esbonio atyniad yr ynys ond teimla mai yno y mae ei chartref ar hyn o bryd. 'Mae'n gyfuniad cymhleth o'r ysbrydol a'r materol', meddai, 'y tawelwch a'r torfeydd, yr unigedd a'r cymdeithasol.'

Fe'i disgrifiwyd gan Huw Ethal mewn beirniadaeth ar ddyddiadur a luniodd am ei bywyd ar Iona fel 'llenor hynod o sensitif sy'n gallu mesmereiddio'r darllenydd. Mae awyrgylch arbennig i'r gwaith sy'n ymylu ar y cyfriniol ar adegau,' meddai. Cyfeddyf mai proses araf a phoenus yw ysgrifennu iddi, ond ar yr un pryd y mae wrth ei bodd yn rhaffu geiriau ynghyd ac yn ceisio rhoi mynegiant i drefn ei meddyliau. Ysgrifennu yn ôl ei mympwy a wna ar hyn o bryd ac nid oes ganddi gynlluniau pendant fel llenor.

Ar Hynt

Croesi'r swnt
I ben draw'r byd,
Wele Iona,
Cyffin rhwng pwyll a gorffwyll.
Nid lle i fentro iddo
Ar siawns.
Llecyn dymuniad llawer,
Tir na n-Óg y gogledd pell.

Fe ddont yn eu cannoedd
I edrych am feddau brenhinoedd
Duncan a MacBeth.
Tra, o'r neilltu, y cleddir Mary MacLean,
Yn gant a phedair oed,
Piler cymdeithas.
Cylchdro bywyd ynyswyr unig
Yn cydredeg ag amserlen llongau
Caledonian MacBraine.

Yr un yw bywyd yn y bôn,
Y cecru a'r caru,
A'r boreau coffi.

Des innau i'r ynys bellennig
Fel meudwy'n ceisio'i gell,
I ganfod y golomen yn y graig,
Yr ŵydd wyllt yn y grug.
Cymuno â chylchdro'r canrifoedd,
Miniogi gorwel gogoniant, trothwy tywyllwch,
I ddirnad cyfaredd y Porth Claerwyn.

Yr Yin a'r Yang

Crwban y môr,
Cromen y nefoedd ar dy gefn
A'r ddaear yn dy gôl,
Sut wyt ti'n symud trwy'r byd?

Llithro'n ddidrafferth trwy ddŵr anwadalwch,
Araf dy gamre ar dir sefydlog,
Pwyll ac amynedd yw cloriau dy lygaid
A'th fryd ar fwynhau'r daith.

Torheulo mewn breuddwydion,
Claddu syniadau yn y tywod
A gadael i'r haul eu deor.

Oedi a mentro,
Ymestyn a chywasgu
Yn y byd deublyg hwn.

Crwban y môr,
Cromen y nefoedd ar dy gefn
A'r ddaear yn dy gôl,
Amddiffyn y cyfrinachau
Yn dy groth!

Mynwent y Garn

Cerdded y llwybr serth
Tu ôl i'r arch,
Pawb yn eu du.
Galarnad y brain
Yn torri'r tawelwch.

Gweld cenedlaethau'r goeden deuluol
Wedi'u hysgythru
Ar garreg dragwyddol,
A derbyn cysur yn y teimlad o berthyn.

Sefyll wrth fraint y teulu
A'r llygaid yn cwmpasu'r filltir sgwâr—
Pen-y-garn, Tŷ'nrhos, Rhydypennau.

Newid byd am benwythnos,
'Mam-gu 'di marw'.
Gadael y tŷ, a'r gwaith, a'r annibyniaeth
I suddo'n ôl i sicrwydd y gorffennol.

Clywed geiriau am obaith,
Bywyd newydd
Mewn byd cymaint gwell na hwn.
'Cer-o-na-di!'

Rhannu yng nghladdedigaeth un annwyl
A gofyn—lle mae cysur?
Yma,
Yng nghymdeithas galarwyr
Wedi'r Amen olaf.
Yma,
Wrth sefyllian wrth y bedd
I fynegi a derbyn cydymdeimlad
A holi hynt a helynt y byw.

Castio Cysgodion

(Er cof am Helen)

Marw yn ddwy ar hugain,
A oes tegwch?
      Gobeithion,
      Breuddwydion,
      Cyfeillion,
Pa ots amdanynt?

Pwy yw Hwn
Sy'n chwifio hudlath
I bennu amser?
      Twyllwr!
      Castiwr!
'Does dim rhesymu
Ym mhatrwm ei anadlu.

Mynd a dod fel lleuad wen
Yn bylchu trwy'r haenau cymylau
Cyn diflannu i'r düwch.

Ac eto,
Fe gwyd drachefn
A gwên ar ei hwyneb.

Cadw Cydbwysedd

Gwyn eu byd y rhai unplyg eu bwriad,
Canys hwy sy'n tywynnu hapusrwydd.

    Er nad oes sicrwydd
    Mewn delfryd,
    Medd Aderyn y Si,
    Paid cau drysau dy galon!

    Hwy, ill dau—
    Y llygaid migwyn,
    A'r llygaid llwydlas,
    Nid hawdd hawlio un
    Os mai'r pris yw colli
    Dyfodol.

    'Does ond gobeithio
    Ar gylch cyfrin cariad
    Am faddeuant,
        A gwrthod dewis.
    Druan â'r gwangalon!

Mewn undod mae nerth.
Gan hynny, wynebaf y byd
Trwy ddeuoliaeth.

F. BYRON HOWELLS

GŴR AC INC yn ei waed oedd Byron Howells. Yn bymtheg oed argraffodd atgofion cymydog iddo yng Ngoginan ar wasg law fechan heb unrhyw hyfforddiant blaenorol. Bu'r cymydog hwnnw, Dan Jones, comiwnydd rhonc a chyfaill i Niclas y Glais, yn ddylanwad mawr arno yn ystod ei ieuenctid. Ond wedi dwy flynedd yng ngwasanaeth Llyfrgell Ceredigion ar ôl gadael Ysgol Ramadeg Ardwyn, dewisodd Byron lwybr tra gwahanol i un yr hen Farcsydd. Aeth i Goleg Prifysgol Gogledd Cymru ym Mangor ac yna i Aberystwyth â'i fryd ar fynd i'r weinidogaeth. Yn y coleg, datblygodd yn berfformiwr heb ei ail, yn un o sêr y nosweithiau llawen a'r eisteddfodau rhyng-golegol. Wedi priodi yn 1966 aeth yn weinidog yn Nhrawsfynydd a mwynhau dros dair blynedd ar ddeg hynod weithgar a chyfoethog yno. Ond dechreuodd glafychu ac ar ôl cyfnod byr ym Mryngwran, Môn, bu'n rhaid iddo roi'r gorau i'w waith a symud i Fangor i ddisgwyl am drawsblaniad calon yn Ysbyty Harefield. Bu farw ar Ragfyr 1af, 1989 yn naw a deugain oed. Y mae'r cwpled o waith Howell Parry, Caergybi, sydd ar ei garreg fedd yn dweud y cyfan amdano:

Cennad Iôr a llenor llon,
Gŵr o deg Geredigion

Yn ystod ei gyfnod yn Nhrawsfynydd lluniodd lu o ddramâu, pasiantau a gwasanaethau ar gyfer plant a ieuenctid yr Ysgolion Sul a'r Clwb Ffermwyr Ifainc. Cyfansoddai hefyd gerddi a chaneuon yn ôl y galw ar gyfer nosweithiau cymdeithasol a chyfarfodydd cystadleuol y capel a'r pentref. Yr oedd wrth ei fodd yn cystadlu yn lleol a chenedlaethol. Bu'n llwyddiannus droeon yn y Brifwyl am lunio a chyfieithu straeon byrion, nofelau a dramâu, a chyhoeddwyd un o'i ddwy nofel i blant, *Pysgodyn yn y Llwch*, wedi iddo gael y wobr yn Abertawe yn 1982. Ei feibion ef ei hun, Ifor, Elfed a Geraint, yw arwyr y nofel arall o'i waith, *Antur yr Atomfa*, a leolwyd yn ardal Trawsfynydd. Yn ystod ei flynyddoedd olaf, pan deimlai fod y salwch a'r aros hir am drawsblaniad yn crebachu ei bersonoliaeth, yr oedd cyfansoddi yn ddihangfa ac yn gysur iddo.

Canwyd 'Y Llwybr Aur' ar alaw o waith Byron Howells ar record gan 'Y Brithyll', grŵp o bum bachgen o Drawsfynydd.

Yr Ynys Werdd

Ai am fod tonnau dyfnfor ysig, maith
   Yn golchi'th draethau gorllewinol di,
Ai am fod adlais o ryw hudol iaith
   Yn sŵn y gwynt pan gyfyd ef ei gri,
Y ceir rhyw anniddigrwydd mawr o'th fewn
   Sy'n mynnu berwi'n awr ac yn y man
Fel gwreichion dicter yn gawodydd ewn
   Dros fro a thyddyn, tref a llawer llan?
Dir y dyneddon, ynys mul a mawn,
   Myn orffwys, diffodd di yr ysol fflam,
Meithrin dy fwynder, deffro di dy ddawn,
   Myn y cymodi dir, anghofia'r cam,
Tafl di i'r Pair hen ddadl y tadau gynt,
A deued y dadeni gyda'r gwynt.

Y Llwybr Aur

Mae llwybr yn y môr—
  O! na chawn fynd ar hyd-ddo
I wlad y machlud haul
  A byw yn hapus yno
Heb neb o hyd yn d'wedyd 'paid'
Na sôn am rhyw hen air fel 'rhaid'.

Mor braf cael byw bob dydd
  A gwneud be' fyd ddymunwn,
Cael gorffwys yn yr haul
  A bwyta beth a fynnwn,
Pob llyfr ysgol sych dan glo
A'r holl athrawon cas ar ffo.

Y wlad lle nad oes neb
  Yn mynd i'r gwely'n gynnar,
Na neb ychwaith yn dod
  Ohono cyn troi hannar,
A phawb o hyd yn canu pop
O fore gwyn tan nos heb stop.

Ond machlud mae yr haul
  A'r llwybr sy'n diflannu,
Ac os am blesio mam
  Rhaid i mi fynd i gysgu,
Ond fe ddaw cyfle eto'n siŵr
I fynd i'r wlad tu draw i'r dŵr.

Cefn Gwlad Heddiw

I gefn gwlad fe ddaeth cryn newid,
A gwahanol iawn yw bywyd,
Wfftiwyd arfer yr hen dadau,
Gwnaed i ffwrdd â'r traddodiadau.

Mae'r ysgol fach ar gwr y pentre'
Lle'r addysgwyd cenedlaethau
Yn awr yn stiwdio a chrochendy
Ac acen Llundain yn y gweithdy.

Mae siop y Llan yng ngofal Saeson,
A'r siopwr sydd yn hollol estron,
Ni cheir cyfle mwy i gloncan,
Gwerthwyd cyfoeth sgwrs am arian.

'R hen gapel bach sy'n awr yn Fistro,
Ac oglau cyrri'n dod ohono,
Lle gynt bu'r saint yn moli'r Crewr
Mae campau'r grwpiau pop a'u dwndwr.

Gweddw ydyw'r Noson Lawen,
Ac ni roddir lle i'r Awen,
Troi y nobyn yn y parlwr,
Dyna'n awr ddiwylliant gwladwr.

Segur yw y pyllau bellach,
Ac ni cheir yr hen 'gyfeillach',
A disodlwyd enwau Celtaidd
Gan gyfenw Siapaneaidd.

Nid oes glonc mewn bonc na chaban,
Nid oes amser i whilmentan,
Mygwyd pob rhyw sgwrs a stori
Gan ddifyrrwch bas y teli.

Er bod traddodiadau'n darfod
Nid yw'r ddraig 'di colli'i thafod,
Gwelir arwydd ei bod eto
Ar ei thrwmgwsg hir yn blino.

Draw ym mhentre'r Nant mae gobaith
Ddaw â ni o'r anial diffaith,
Draw ym mhentre'r Nant mae'r hadau
Gnydia eto 'Ngwlad ein Tadau.

Caled iawn yw'r dasg o'n blaene,
Ond os gweithiwch chi a finne
Try caledwch yr holl frwydre
'N fuddugoliaeth 'mhen blynydde.

Nos ar y Ward

(Ward Glyder, Ysbyty Gwynedd, Chwefror 1986)

Oriau hir, aflonydd
A'r twmpathau ar y gw'lau
Yn troi a throsi,
Ac ambell un â chenfaint
Gadara yn ei ffroenau,
A'i sŵn yn chwalu'r tawelwch.

Cloch ffôn, pesychiad, ochenaid,
Golau coch, a nodyn undonnog
Y gloch alw—rhyw enaid
Mewn gwewyr, a'r oriau'n hir.
Troi, trosi, poeni, yna gwasgu'r
Botwm coch. O'r diwedd,
Fflachiad, caniad, a daw'r
Nyrsus o'r tywyllwch fel tylluanod trugaredd
Gyda gair, cysur a gwên
A chynnig paned plygeiniol.

Yna golau sydyn, agor llenni,
Ailosod y gwely, tynnu'r blancedi,
Paned eto a philsen,
Cyfarchiad sydyn a gwên;
A thrwy'r ffenestr banoramig
Yr Wyddfa ac aur ar ei brig.
'Dyrchafaf fy llygaid . . .'
Ac ni bydd nos mwyach.

Carol Nadolig

Mae'n hanner nos a hud sydd ar y meysydd,
　Distawodd dwndwr cras y ddinas ddur,
Daw cnul o glochdy eglwys fach y dolydd
　A theimlir rhyw dangnefedd newydd pur.

Mae'r wyrth sy'n hen ac eto'n fythol newydd
　Ar fin ei hadrodd eto ger ein bron,
Canfyddwn rhwng y concrit oer a'r gwydr
　Y preseb lle bu'r Iesu'n sugno'r fron.

Yn Jwda draw mae rhyw ddistawrwydd nefol,
　Ar draws yr anial llwm mae'r tanciau'n oer,
A thros y gorwel gwelir y brenhinoedd
　Ar eu camelod hen dan olau'r lloer.

Wrth neges yr archangel y bugeiliaid
　O'u cwsg a'u blinder gyrchant ar eu hynt
I bentref bychan Bethlem gyda nodau'r
　Angylaidd gôr yn atsain yn y gwynt.

Gawn ninnau hefyd ar ein llwybr dyrys
　Ymuno gyda hwy mewn ysbryd cân
A mawl—y tlawd a'r beilchion, gwyn a'r croenddu,
　Gyduno i syllu ar y Baban glân?

Gweddi am Nerth

(Wrth ddisgwyl am drawsblaniad calon, 1986)

Fel Un a fuost unwaith yn yr Ardd
A chwys a phryder lond Dy wyneb hardd,
A chwpan drud y dewis yn Dy law,
A phoenau'r byd o'th gwmpas ar bob llaw;
O! dyro'n awr i un o'th weision gwan
Y sicrwydd o'th eiriolaeth ar fy rhan.

O! maddau'r gwendid sydd yn peri i mi
Amau grym Dy addewidion Di,
A cheisio'r rheswm â chwestiynau gwael
Gan lwyr anghofio maint Dy gariad hael;
Ond, diolch, gwyddost wendid enaid dyn
Cans dioddefaist drosto ef Dy Hun.

Pan sylweddolaf na fydd maint fy loes
Yn ddim wrth faich Dy boenau ar y Groes,
Pan deimlaf brofiad grym y cariad sy'
O'm cwmpas beunydd mewn gweddïau lu,
Rho i mi weld tu hwnt i'r bryniau pell
Y cwmwl aur—a hyfryd amser gwell.

HUW HUWS

PRIN YW'R cadeiriau eisteddfodol a enillodd Huw Huws, er y gallasai fod wedi cipio ugeiniau ohonynt. Dyn a bardd ei filltir sgwâr ydyw a ddewisodd wasanaethu ei gymdeithas yn hytrach nag ennill bri cenedlaethol iddo'i hun.

Fe'i ganed yn Nhyn'rhelyg ar un o lechweddau cwm Eleri, Talybont, ardal hynod o ddiwylliedig a'allai ymffrostio mewn cenedlaethau o feirdd gwlad talentog. Dechreuodd farddoni drwy lunio cerddi ar gyfer cyfarfodydd cystadleuol y pentrefi cyfagos pan oedd tua pymtheg oed. Dysgai oddi wrth y beirniadaethau a gai a chyn hir mentrodd anfon cerdd neu ddwy at Babell Awen *Y Cymro*. Dan lygad craff Dewi Emrys, datblygodd yn englynwr crefftus ac yn delynegwr mirain. Yr oedd wrth ei fodd pan ddaeth Fred Jones, yr hynaf o fois y Cilie, yn weinidog gyda'r Annibynwyr i Dalybont. Treuliodd oriau yng nghwmni'r bardd dall yn darllen *Y Faner* iddo, yn sgwrsio ac yn trafod llenyddiaeth y dydd, a dysgodd lawer ganddo.

Enillodd am y tro cyntaf yn y Genedlaethol am soned i Sain Ffagan ym mlwyddyn ei ymadawiad â Chwm Eleri ar ei briodas â Glenys, merch Felin Gyffin. Bu'r ddau yn ffermio ger y Dole am y rhan helaethaf o'u hoes, yn fawr eu cyfraniad i fywyd diwylliannol a chrefyddol yr ardal. Ers iddo ymddeol y mae Huw wedi ennill nifer o wobrau yn eisteddfodau Pontrhydfendigaid a Llanbedr Pont Steffan ac yn yr Ŵyl Gerdd Dant. Bu'n aelod o dîm Ymryson y Beirdd Talybont a thîm Talwrn y Beirdd Bow Street a hyd yn ddiweddar ef oedd yng ngofal Cornel y Beirdd yn *Y Tincer*.

Cyhoeddwyd y gerdd 'Oedi' o'r blaen yn *Allwedd y Tannau* Rhif 36 (1977). Diolch i Gymdeithas Cerdd Dant Cymru am ganiatâd i'w hailgyhoeddi.

TAIR SONED GOFFA

R. Williams Parry

Olympiad o fardd gwlad, na fu cywilydd
   Gennyt am ganu i'r syml a'r di-nod;
Cenaist i sant a phagan fel ei gilydd
   Heb ddannod cas, na rhoi i rinwedd glod.
Lloffaist rodfeydd dy fro a chael testunau
   I blethu d'awen loyw'n aruchel gamp
Sy'n drysor cysegredig mwy i ninnau
   Am fod d'athrylith ar bob cerdd yn stamp.
Ddoethur ein llên, wyt batrwm ein dyhead,
   Heb chwennych llwyfan y parablus griw;
Cefaist dy nef hyd ogoniannau'r cread
   Ac i'r cyffredin buost erioed yn driw.
Ceraist dy wlad a rhoist dy enaid erddi
Yn olud cenedlaethau yn dy gerddi.

T. H. Parry-Williams

Ffarweliast yn gynnar â daear ddihafal Rhyd-ddu
   A bannau dy henfro yn gwylio ac oedi dy gam;
Ac edrydd dy gerddi mor gynnes i'th fynwes y bu
   Eu cofio, eu mynych anwylo a'u mwytho fel mam.
Rhodiaist yn bencerdd ein gwyliau a'n llwyfannau llên,
   Yn bennaf ysgolor a doethor ein meysydd dysg;
Yn wylaidd enillaist ti galon dy genedl hen,
   Ac ni fu hawddgarach na mwynach mab yn ein mysg.
Mor dlawd fydd ein treftad o golli d'arweiniad doeth,
   Y boneddigeiddrwydd, a diffuantrwydd dy ffydd.
Y llais oedd yn wefr o awen, mor gymen, mor goeth
   A erys yn atgof i'n dilyn hyd derfyn ein dydd.
Er rhoddi dy lwch i Eryri ar derfyn dy dramp
Bydd angerdd dy gerdd yn aros yn fythol gamp.

Gwenallt

Yn llencyn byr ysgafndroed o'r Alltwen
  Y troediaist drwy sosialaeth frwd y cwm;
Dy nwyd ysgolia'n goron ar dy ben
  A'th awen yn lliniaru'r bywyd llwm.
Heibio i Esgair-ceir yn aml y doet
  I ddrachtio o fwynderau ffald a fferm,
A rhoi dy dynged pan ddaeth dydd y sbloet,
  I freiniau Plasau'r Brenin am dy derm.
  Dringo â chamre sicr barlyrau dysg,
    A hawlio llwyfan Prifwyl dan dy draed—
Tydi'r hawddgaraf Cymro yn ein mysg
    A chur dy genedl yn ddolur yn dy waed.
Erys dy gerddi fel dy Grist yn lân
Am iti roi dy enaid yn dy gân.

Maes

Dyfal fu'n teidiau gynt ar hir aeafau
  Yn digaregu a diwreiddio'r drain
O'r diffaith dir na wybu gynaeafau,
  A hawlio grwn at rwn yn gnydiog lain.
Cloddio a phlannu a chymhennu'r uned,
  A mentro â'r aradr pan oedd arw'r hin;
Doi rhyw gyfaredd megis hen adduned
  Yn fendith wrth grynhoi y troi a'r trin.
Minnau yn ddibris o'r llafurwaith cynnar
  Yn treisio'i lendid ar fy nhractor dur,
A difalch droi ar fyr o dro o'r dalar
  Heb falio am harddwch cwys na phrofi cur.
Anodd anwesu'r erwau pan fo blys
Am olud y cynhaeaf heb y chwys.

Hen Gapel Pompren-geifr

Mor dlawd dy drem dan gysgod trwm y deri
  A dail hydrefau'n glwstwr ger dy fur;
Daw llais hunllefus dyfroedd byw Eleri
  Wrth groesi'r dolydd i ddwysáu fy nghur.
Mae mwy nag allwedd wedi cloi dy ddorau
  Rhag cymell un pererin i gadw'r oed;
Fe dresiwyd glesni'r lawnt gan dwf tymhorau
  A'r llwybr disathr sy'n ormod her i'm troed.
Gwelaf ôl dwylo'r crefftwyr fu'n cymhennu
  Meini anhydrin bro yn deml i Dduw,
A chlywaf lef y tadau yn amennu
  Pan dorrai yr awelon ar eu clyw.
Wyt ddarn o hen orffennol bro a'i thras
Fu yma'n sugno o oludoedd gras.

Oedi

Mi garaf oedi ambell dro
　　Wrth grwydro cwm Eleri,
I wrando miwsig lleddf a llon
　　Yr afon dan y deri,
Ac adar haf yn cadw'r oed
Yn llon eu cerdd o'r llwyni coed.

Mi af am dro hyd lennyrch gwyrdd
　　Hudolus ffyrdd fy mebyd,
A daw yn ôl atgofion lu
　　O'r hyn a fu yn wynfyd;
A chaf fwynhau hyd erwau doe
Fy more teg a chymryd hoe.

Cynefin hud y gorwel pell
　　Sy'n cymell i anturio;
A gwn ped awn i gopa'r bryn
　　Y cawn fy nerbyn yno,
A mwyn o gaer y Norman gynt
Un orig wâr ar donnau'r gwynt.

Ar lwybrau'r wlad daw imi'r wledd
　　Sy'n rhoddi hedd i'm henaid,
A melys oedi orig fer
　　Ym mwynder bro fy hendaid;
A dewis mwy nid oes i mi
Na chael mwynhau ei herwau hi.

Credo

Ynghanol trystfawr ogoniannau'r byd
  A rhwysg ein rhyddid dilyffethair ni,
A mynnu gwyro rhag y ddeddf o hyd
  Heb roddi pwys ar ei gorchymyn hi,
Er anwadalwch ein cyffesu llesg
  Pan gydgynnullo'r saint o fewn y deml,
Mae rhythm y siant fel cwyn y gwynt drwy'r hesg
  Ac ni ddaw solas o'r sagrafen seml.
Er hyn, yn nwfn fy enaid, pan na wêl
  Un cnawd, daw imi ryw anniffiniol ias
A rydd yr hyder sydd yn clensio'r sêl,
  A phrawf o'r sicrwydd sydd yn Nuw a'i ras.
Diolchaf mewn dilafar weddi daer
I minnau roi fy nghred ym Mab y Saer.

Cau'r Tabernacl

Mae yn fy mynwes dristwch, ac nid oes
  Esmwythad mewn myfyrdod nac mewn cân;
Mae f'enaid yn ymboeni dan y Groes
  Megis pe bawn yn herio'r Ysbryd Glân.
Trechwyd gan amser ddeunydd pren a maen
  A luniwyd gynt yn nydd y cyd-ddyheu
Yn Deml i gynnull hen werinwyr plaen
  A'r fflam yn eirias yn eu cred a'u creu.
Cloi'r pyrth fu'n gysegredig im erioed,
  Y mawl a'r weddi'n eco ar fy nghlyw,
Lle plygais nerfus lin fy ieuanc oed
  Yn offrwm o addoliad gerbron Duw.
Ni feiddiwn droi yr allwedd yn y clo
Heb feddu ffydd yn ei faddeuant O.

DAFYDD IFANS

FEL NOFELYDD y disgrifir Dafydd Ifans yn *Y Cydymaith i Lenydd-iaeth Gymraeg*, ond y mae hefyd yn awdur ac yn olygydd nifer o gyf-rolau yn ogystal â bod yn fardd. Yr oedd eisoes wedi cyhoeddi cerddi yn *Y Ddraig*, cylchgrawn llenyddol myfyrwyr Coleg y Brifysgol Aberystwyth, cyn iddo ennill y Fedal Ryddiaeth yn Eis-teddfod Genedlaethol Caerfyrddin 1974 am ei nofel *Eira Gwyn yn Salmon*. Ac ers iddo ymuno â staff y Llyfrgell Genedlaethol bu'n gyfrifol am gyfrolau mor amrywiol â *Tyred Drosodd*, sef gohebiaeth Eluned Morgan a Nantlais, *The Diary of Francis Kilvert* a'r diwedd-ariad o'r Mabinogion a luniodd gyda'i wraig, Rhiannon.

Fe'i magwyd yn ardal Capel Madog ond yn Aberystwyth y der-byniodd ei addysg. Teimla'n ddyledus iawn i'r Ysgol Gymraeg am y cyfoeth diwylliannol a dderbyniodd ganddi ac ef yw golygydd *Dathlwn Glod*, y gyfrol a gyhoeddwyd yn ddiweddar i ddathlu han-ner can mlwyddiant ei sefydlu. Y mae bellach yn un o rieni'r ysgol ac yn byw gyda'i briod a'i dri mab, Gwyddno, Seiriol, ac Einion, ym Mhenrhyncoch.

Yn ystod ei gyfnod yn y coleg ym Mangor y dechreuodd farddoni, ond rhywbeth a wna yn ysbeidiol ydyw bellach, yn aml mewn ymateb i gais gan olygydd *Y Tincer*. Cenir ei delyneg 'Hwyrnos' yn un o'r cystadlaethau cerdd dant yn yr Eisteddfod Genedlaethol yn Aberystwyth eleni.

Ymweliad â Phlas
I Gyfarfod Llydawyr

Ar noson deg
Yn uchder haf
A'r haul yn suddo
I'w gartrefol gwsg
Rhwng Erin werdd a Dyfed,
Mi euthum ar fy hynt
Drwy faes i weled,
I weled ac i glywed, do,
I lys y wledd a'r yfed,
Trwy'r cawn a'r paill a'r pryfed
I blith gwehelyth
Pendefigaidd dras.

Trwy ddrysni Coed Celyddon
Yn glêr a rhododendron,
I gwrdd â chefndryd—
Rhai nas ceir
Dan glawr
Y Beibl mawr
Yn inc
Dad-cu.

A dyma ni,
Yn ceisio yn gytûn
I dorri gair, heb sôn am sgwrs,
A ninnau i fod yn perthyn,
A theimlo bron â chwerthin
A thaflu'n hy'
Ffenestri'r tŷ
I'r ardd.

Dwys gerdd yn dechrau codi
Gan lenwi'r tŷ a'r gerddi,
A'r dagrau'n drwch
Uwch gruddiau llwyd
Yn barod iawn i'w boddi,
A minnau i ffwrdd
I'r clêr nos
A'r paill i mi yn gwmni.

Ond Cigfa dlos ymhell i ffwrdd
A minnau heb ei chwmni . . .

Grynnau Ofer

Cyfodaf ar glais y dydd
I arddio rhostir diwlydd
Dy galon di.

Eilchwyl y ceisiaf daro
Aradr serch rhwng manro
Dy oerfel blin.

Clyw acw'r carnau'n curo,
Ni fynn dy fraenar ddeffro
I'm cymell taer.

Dan wres prynhawn i drullio
I'm syched, nid i'm twyllo,
Y'th geisiais gynt.

Bellach, mae cwysi ceimion
Yn brawf o'm mynych dremion
Tros ysgwydd lesg.

Tithau, ar ben y dalar,
Ffarwelio wnei'n ddialar,
Ond nid myfi.

Nefoedd

(Gardd Jelka Rosen, gwraig y cyfansoddwr
Frederick Delius yn Grez-sur-Loing ger Fontainbleu)

'Roedd hi'n nefoedd yma unwaith
Pan ddôi hafau ar eu hynt,
Pan ddôi'r haf â chân i'r gerddi,
Gerddi'r haf.
'Roedd hi'n nefoedd yma unwaith
Pan aem ddau neu dri neu fwy
Lawr i lan y Loing i dreulio noswyl haf,
A chael rhodio lôn baradwys
Tua'r paradwysaidd dir
Oedd yn ffynnu ac yn tyfu
Yn yr ardd.

Ddowch chi heno, Jelka Delius,
Gyda'ch papur, brwsh a phaent
Lawr i lan yr afon Loing at lili ddŵr,
Yno i ddal yr hyn a gollwyd
Ag ysmotiau *pointilliste*
A'i gyflwyno ar gynfas atgof i ni'n rhodd?

O dangoswch i ni'r harddwch
Fu'n symbyliad iddo greu;
Lle mae olion nodau paent o ddydd a fu?
Onid chwi gymhellodd sguthan?
Onid chwi a ddenai'r gog
I gyfrannu at berffeithrwydd sawr a'i swyn?

Gwn y clywai fwmial gwenyn,
Gwn y teimlai wres yr haul,
Ond ni wn a wyddai faint eich llafur chwaith;
Tra fu yntau anffyddlonaf
Buoch chwithau yn yr ardd
Wrthi'n hau'ch dychymyg dawnus er ei fwyn.

A daw eto ambell flodyn
Ambell rosyn, ambell gerdd,
Oddi ar frigyn llwyn o goed neu berthi'r haf,
Un a blannwyd, a feithrinwyd,
A gymellwyd gan eich llaw
Am fod rhaid i'r cyfansoddwr lunio'i gerdd.

Hwyrnos

Mae'r piod wedi tewi
A sgrech-y-coed yn fud.
Y gnocell wedi blino
A'r wlad yn drwm dan hud;
Nid oes ond bloedd tylluan groch
Wrth ddringo'r rhiw o Benrhyncoch.

Mae'n wyll ym Mroncastellan
Ac yng Ngogerddan fawr,
Mae tarth ar Afon Stewi
A thros y Cwrt yn awr;
Anturiaf finnau dros y rhyd
Sydd ar Nant Seilo'n llon fy mryd.

Mae'r lloer uwch coed Llwyngronw
Yn eiddil ac yn wyn
A'r machlud haul dros Glarach
Yn dal i wrido'r glyn;
Cysgodion nos sy'n pwyso'n drwm
Dros war y llechwedd ger Pen-cwm.

Mae'r gwlith ar fin ei daenu
Dros gaeau Pen-y-berth,
A chlywir gwan gyfarthiad
O feysydd Fron-deg serth.
Dychwelaf finnau dan eu swyn,
Riannon hoff, i Randir mwyn.

Y Plygwr

Cyn daw y gog i alw
Â'i ddeunod cyson, cras,
Cyn daw y coed i ddeilio,
Cyn taenu'r clychau glas;
Fe welir gŵr a'i filwg
Yn llorio ynn a chyll
A phlygu'n gelfydd wastad
Y ddraenen gnotiog, hyll.

Fe holltir ambell dderwen
At risgl cul y pren
Y fwyell bron â'i difa
Cyn plethu'n dynn ei phen,
Ond gŵyr y gŵr a'r bilwg
Pa faint i'w gadw nôl
Er mwyn cael blagur cochion
I harddu perthi'r ddôl.

Ymson wrth Farw

Pam y diffoddodd y tân-ar-lawr?
A pha bryd y safodd yr hen gloc mawr?
Pam mae llwch ar y seld?
Pam mae'r llenni'n dynn?
Oes argoel o Dada erbyn hyn?
Mae arna' i ofon Da-cu!

Pam fod Mam mor hir yn y Cwrdd Prynhawn?
Sut boddodd Prins yn yr hen bwll mawn?
Pam fod lleuad ddu uwchben y rhos?
Oes ysbryd yn Gwnnws wedi nos?
Mae arna' i ofon Da-cu!

Mae'n erwin heno wrth groesi'r Glyn,
Fe ddychwel i'm hebrwng gyda hyn,
Mae arna' i syched amdano Fe—
Yr Iawn sydd â'i orsedd yn y Ne.
'Does arna' i ddim ofon Da-cu.

J. R. JONES

J. R. JONES, Gwernfab, a ddewiswyd i lunio'r cywydd croeso ar gyfer Eisteddfod Genedlaethol Ceredigion, Aberystwyth eleni. Ym mhentref Taliesin y magwyd ef, ond ar fferm Wern-deg yng Nghwm Eleri y treuliodd ei ieuenctid. Yn ystod y cyfnod hwnnw, daeth yn rhan o'r gymdeithas glòs, weithgar a diwylliedig sydd wedi diflannu'n llwyr o'r cwm bellach. Dechreuodd adrodd ym mân gyfarfodydd cystadleuol yr ardal a datgblygodd yn gyflym yn gystadleuydd o'r radd flaenaf. Daeth yn adnabyddus hefyd fel dynwaredwr ac fel arweinydd noson lawen ac eisteddfod ledled Cymru. Yn 1968 torrodd gŵys newydd iddo'i hun drwy ymuno â staff y Cyngor Llyfrau Cymraeg. Y mae bellach wedi ymddeol ac wedi symud o Gwm Eleri i fyw yn nhref Aberystwyth.

Wedi iddo gyrraedd pinacl y byd adrodd drwy ennill y brif wobr yn Eisteddfod Genedlaethol Glynebwy 1958, aeth ati i farddoni o ddifrif ac i gystadlu am gadeiriau mewn eisteddfodau lleol a 'thaleithiol'. Ychydig o addysg ffurfiol a gafodd gan iddo adael yr ysgol yn dair ar ddeg oed i ddod adref i weithio ar y fferm ond darllenai yn helaeth a dysgai oddi wrth y beirniadaethau a gai. Arferai fynd i ddarllen i'r bardd dall, Fred Jones, yn Nhalybont a bu yntau yn fawr ei ddylanwad arno.

Y mae wedi ennill rhyw ddeugain o gadeiriau i gyd erbyn hyn, yn cynnwys cadeiriau Eisteddfod Môn a Dyffryn Conwy a hefyd goronau Eisteddfod Pontrhydfendigaid a Llandegfan. Cyhoeddodd dair cyfrol o'i waith, *Rhwng cyrn yr arad* yn 1962, *Cerddi 'J.R.'* yn 1970 a *Cerddi Cwm Eleri* yn 1980 ac ar hyn o bryd y mae'n paratoi casgliad o'i waith i'w gyhoeddi gan Wasg Gomer. Y mae hi'n arbennig o addas mai ef a wahoddwyd i lunio'r cywydd croeso eleni gan mai'r hyn a rydd y boddhâd mwyaf iddo yw gweld ei gerddi yn cael eu defnyddio gan adroddwyr neu gantorion.

Y Tabernacl

(Capel y Bedyddwyr, Talybont)
1803-1991

Bellach,
    bolltiwyd ei ffenestri,
    clowyd ei ddrysau croesawgar,
    ac ymledodd madarch yr angau
    dros leithder ei barwydydd.
Daeth y pry i'r pren
a moch y coed
i guddio dan y linoliwm.

Yma bu'r Goleuni
yn disgyn fel colomen
cyn i'r llwydni ddiffodd y fflam.
Bu cenhadon y Gair
yn agor cyfrol y profiadau ysbrydol,
a thafodau
    yn pelydru cysur,
        gollyngdod,
           a iachâd
i eneidiau anghenus
yn y seddau pîn.

Yma,
    bu gorfoledd y Suliau bedydd,
    bendithion y clymau annatod,
    a chysuron y prynhawniau du
    trwy ddagrau'r ffarwelio.

Cofio Wili Huws, arweinydd y gân
yn tapio rhythm y dôn
â'i droed chwith
ar Groglith y Cyrddau Mawr;
ac Abram Jôs yn dilyn ei ffon wen
i arwain ffyddloniaid y noson waith
at y dyfroedd bywiol
yn y festri gyfyng.

Cofio'r haul un Ionawr trist
yn gwenu dros gymylau'r eira
drwy ffenestr y pulpud
ar brynhawn hebrwng mam.

Ni wêl yr estroniaid diwreiddiau
wrth swagro am beint
i lawr y stryd
ond coed a cherrig
yn datgymalu ar fin y ffordd.

Ni ddeffry'r Pasg i'r gweddill chwâl
ond atgofion am atgofion,
a daw pelydrau'r wawr
i gusanu'r cerrig beddau.

Gwrthryfel

(Rhyfel y Sais Bach, 1819-29)

I wlad y Cardi daeth yr estron taer
   Gan fachu tir y goron yn y plwy,
Herio'r brodorion dig wrth gloddio'i gaer
   A hawlio comin eu treftadaeth hwy;
Yn deyrn na wybu neb ei iaith na'i ach
   Y daeth i ddamsang gwerin o dan draed,
A'i weld yn arglwyddiaethu'r Mynydd Bach
   Fu'n bygwth terfysg ac yn berwi'r gwaed.
Un hwyr brynhawn o grib yr Hebysg Fawr
   Daeth galwad Siaci'r gof â phawb ynghyd,
Caed ffyrnig wŷr yn barod am yr awr
   I ddial ar y cnaf fu'n baeddu'u byd.
Pan hysiwyd dros y ffin y treisiwr ffôl
Daeth rhin yr hen gymdeithas wâr yn ôl.

Ffrindiau

Dwy
      yn fwrlwm o hiwmor
      ar y siwnai hir i Assmannshausen.
        Prynhawn ar y Rhein,
        heibio i Graig Lorelei
      a'u cwmni yn donic i bawb.

Glynu wrth ei gilydd fel efeilliaid
rhag ofn . . .
      un cam gwag . . .
      dim ond un diferyn bach
      a'u hyrddiai yn ôl
      i uffern eu gorffennol.

Dwy nyrs ifanc
yn ysbyty Glasgow
cyn i straen y gorweithio gracio'u nerfau,
a'u darostwng
      i gaethiwed alcohol.

Cyfnod o driniaeth
ac adnewyddu eu hunan-hyder.

Ann a Kelly,
yn wythnos o hwyl
cyn dychwelyd i slymiau'r ddinas
i rannu eu profiadau,
ac estyn dwylo
i godi anffodusion yr arddegau coll
o'r ffos a'r domen.

Englynion Coffa Ifor Davies

Wedi'r tawel ffarwelio—yma'n awr
    Y mae'n wag iawn hebddo,
   Llonydd ei 'sgrifell heno
   A'i awen frwd, dyn ei fro.

Dyddiau lawer roed iddo,—a harddwch
    Hwyrddydd heb heneiddio,
   A gwres dihafal groeso
   Brofwyd ar ei aelwyd o.

Chwaraeon a barddoni—gadwai'i hoen
    Gyda hoff gwmpeini;
   Dirwyn ar drywydd stori
   Neu fawrhau englyn o fri.

Mwynhau'i hun mewn cwmni iach—a'i awen
    Yn llywio'r gyfeillach,
   Ofer ei gymell bellach
   Megis lord ar ei ford fach.

Un na wybu anobaith,—carai lên,
    Carai'i wlad a'i famiaith,
   Gwirioni ar gywreinwaith
   Daliai reddf hen deiliwr iaith.

Rhaid coffáu'r dyddiau diddan,—huodledd
    Yn dadlau a'r clebran,
   Dyna'r hwyl, a daw i'n rhan
   Drwy'r cof i gadw'r cyfan.

Dic y Lein

Ei fagu ar gyflog pitw y lein
O doriad 'sgaprwth heb rithyn o sglein.

Yn nyddiau'i lencyndod arbedai ei chwys
Drwy newid ei waith bron cyn amled â'i grys.

Er ei alw i'r fyddin, bu'n dipyn o gyw
Yn twyllo'r swyddogion ei fod yn drwm ei glyw.

Cafodd ei draed yn rhydd. Er pob sgêm a thric
Ni fedrai'r awdurdodau gornelu Dic.

I'r parchusion, cyfuniad o ddyn call a ffôl,
Ond yn sedd flaen y Llew Du ni fyddai yn ôl

O godi gwrychyn, a chreu tipyn o strach
Wrth olrhain pechodau hyd y nawfed ach.

Ac yn ei benwendid ar nos Sadwrn pae
Byddai'n bygwth ei ffon gan stumogi ffrae.

Pan yn taflu ei bwysau yn ffeiriau'r fro
Ef gai'r gwaethaf o'r ysgarmes bob tro.

Er cael unwaith wyliau yn rhad yn y clic,
Haws newid y gyfraith na newid greddf Dic.

Heb berthyn i unrhyw sect, cymdeithas, na phlaid
Fe fflachiai'i athrylith fel perl yn y llaid.

Mewn dadl ddiwinyddol ar ôl gwlychu'i lwnc
Dyfynnai'n hael o'r Beibl i brofi ei bwnc.

Er ymddangos yn ddwl, roedd yn glamp o wàg
A min athronydd tu ôl i fwg ei siag.

Heb rai o siort Dic mewn ffiloreg a dawn
Oni fyddai'r hen fyd 'ma yn lle diflas iawn.

Crwydro

Dewch am dro i grwydro'r bryniau
Pan fo'r haf yn taenu'i liwiau,
A chael ffoi o fyd trafferthion
I dawelwch gwyllt Pumlumon.

Lle mae natur ar ei gorau,
Lle mae'r grug yn harddu'r creigiau,
Ac ymlacio'n braf wrth gerdded
Dros y mwswm llyfn fel carped.

Ffoli ar y clwstwr enwau
Hafodwnog a Moel Grafiau,
Esgair Fraith, Bryn-moel a Hyddgen
Lle bu gynt gymdeithas lawen.

Er bod Nant-y-moch a'r capel
Dan y dyfroedd llwyd yn dawel,
Deil y nant i lyfu'r geulan
Ar ei siwrnai ger Dolrhuddlan.

Wrth droi'n ôl o'n crwydro diddan
Tuag adre'i lawr Cwm Ceulan,
Gweld yr haul yn rhuddo'r heli
Draw ymhell dros Ynys Enlli.

TEGWYN JONES

FEL AELOD o dimau Talwrn y Beirdd Bow Street ac Aberystwyth y daeth Tegwyn Jones yn bencampwr ar lunio cerddi ysgafn, er ei fod yn cyfaddef iddo fod yn 'dablan' gydag odlau a rhigymau ers ei ddyddiau coleg. Brodor o Ben-y-bont Rhydybeddau ydyw, yn aelod o staff Geiriadur Prifysgol Cymru ers bron i ddeng mlynedd ar hugain bellach ac wedi hen ymgartrefu ym Maes Ceiro, Bow Street. Ef oedd golygydd cyntaf papur bro'r ardal, *Y Tincer*. Y mae'n wyneb cyfarwydd i ffyddloniaid y Babell Lên yn yr Eisteddfod Genedlaethol gan mai ef yw beirniad Limrig y Dydd ers rhyw dair blynedd bellach. Y mae ei lais yn gyfarwydd hefyd i wrandawyr rhaglenni radio fel 'Wythnos i'w Chofio' ac 'Yn ei Elfen'.

Ef oedd yn gyfrifol am y casgliad o Anecdotau Llenyddol a gyhoeddwyd gan Y Lolfa yn ddiweddar, ac am gofiant Lewis Morris, gŵr a dreuliodd flynyddoedd olaf ei oes yn ardaloedd Capel Dewi a Goginan. Cyhoeddodd nifer o lyfrau plant hefyd, rhai ohonynt wedi eu dylunio gan ei frawd Elwyn Ioan, eraill ganddo ef ei hun. Y mae'n arlunydd dawnus, yn ddylunydd a chartwnydd ac yn llythrennwr yn null David Jones.

Er mai ar waith dau fardd o'r unfed ganrif ar bymtheg y gwnaeth ei draethawd am radd M.A., prif faes ei ymchwil bellach yw hanes baledwyr a baledi'r ganrif ddiwethaf. Yn osgytal â chyhoeddi sawl cyfrol yn ymwneud â'r maes, y mae'n faledwr ei hun. Bu'n fuddugol yn Eisteddfod Genedlaethol y Rhyl 1985 am faled ar y testun 'Catrin o Ferain', ond er gwaethaf ei lwyddiant eisteddfodol, myn mai fel rhigymwr yn hytrach na bardd y mae'n ei ystyried ei hun!

Wil Pant-y-moch

Archdderwydd Cymru rodiai'n braf
Ryw ddydd o haf y llynedd
Pan ddaeth i'w feddwl megis saeth
Rhyw weledigaeth ryfedd,
'Rhaid inni dderbyn', meddai'n groch,
'Wil Pant-y-moch i'r Orsedd'.

Fe holwyd Wil, heb siw na miw,
Pa liw a fynnai wisgo,
Atebodd ef, 'O ran fy hun
Nid oes yr un rwy'n leicio,
I wisgoedd gwyrdd mae gennyf gas,
A glas nid yw'n fy siwtio.

Y wen ni fynnaf chwaith', medd Wil,
(Nid oedd yn swil, mae'n amlwg)
'Cans gwenwisg 'rochor draw a gaf—
Un braf a llai diolwg'.
A'r Orsedd aeth i banig mawr,
'Be wnawn ni nawr, atolwg?'

Pan ddaw y Steddfod yn ei thro
I'n bro yn fawr ei berw,
Yng nghyrddau'r Orsedd dydd 'r ôl dydd
Nid bychan fydd y sylw
A gaiff y bardd mewn coban goch—
Wil Pant-y-moch fydd hwnnw.

Unrhyw Fater Arall

'A oes mater arall eto?'
Meddai Duw, ar ôl creu nef a llawr,
Y moroedd a'r cyfan sydd ynddynt,
A phobol—rhai bach a rhai mawr.

Ysgwydodd 'r angylion eu pennau,
Ond meddai rhyw geriwb bach breit,
"Dech chi ddim wedi creu yr un Cardi'.
'Wel diawcs', medde Duw, 'wyt ti'n reit'.

A hon ydyw'r enghraifft gynharaf
O'r gwirionedd hynaf sy'n bod—
O dan Unrhyw Fater Arall
Mae'r pethau pwysicaf yn dod.

Perthynas Pell

A minnau yn meindio fy musnes fy hun,
Pwy landiodd ond hwn, ar ryw fore dydd Llun,
Ac meddai mewn llais megis brefiad y llo,
'I'm your cousin—or something—from Idaho'.

'Roedd gwraig o faintioli yn dilyn y brawd
Mewn trowser wnâi gartref i Arab tylawd,
Clos byr oedd i'r cyfaill, a choesau main gwyn,
A llun Donald Duck ar ei fynwes fan hyn.

Buont yno bythefnos, yr anhyfryd ddau,
Yn bloeddio am achau—a'm llwyr sicrhau
Bod poblogaeth 'r Amerig yn filiynau di-ri,
A'r rhan fwyaf o'r rheini yn perthyn i mi.

Gadawsant o'r diwedd yn uchel eu llef,
Ac wrth droedio'n lluddedig o stesion y dref
Fe welais gymydog, sy'n byw'n yr un stryd,
Yn sionc ac yn siriol ac yn wên i gyd.

Ac meddai â winc, 'Gwaredigaeth fu im—
Bûm yn disgwyl ymwelwyr ond ddaethon-nhw ddim'.
'Pwy felly?' 'be finnau, ac meddai efô,
'Rhyw gefnder—neu rywbeth—o Idaho'.

93

Jemima

Cydneswch yma, Gymry glân,
I wrando 'nghân yn gynnes,
Am 'r hen Jemima, fawr ei chlod,
Ac am ei hynod hanes
Yn dod â'r Ffrancod at eu coed—
P'le 'rioed fu'r fath arwres?

Coblera fyddai'r braff ei gwast
Ac ar y last yn lysti
Esgidiau plant y fro o'r bron
A drwsiai hon yn heini,
A chlywch! Ni fentrai ar fy llw
'R un dafn o ddŵr i'r rheini.

O! Ffrancod bach, pe gwyddech chi
Wrth hwylio'r lli yn llawen
Mai at Jemima y nesaech
Be wnaech? Rhoi gwaedd aflawen
A holi'n wyllt, 'Y nefoedd wen!
Beth ddaeth i ben y capten?'

Ond daeth y gwirion griw i dir,
A thrwy y sir aeth sïon
Fod bedd a diwedd wedi dod,
A bod rhyw fyddin greulon
Yn tramwy'r wlad, ei lled a'i hyd,
A'i bryd ar wneuthur gweddwon.

Ond byddin llawn o win oedd hon,
Un llugoer bron a llwgu,
Ac er ei bonapartaidd ddawn,
Anghymwys iawn, rwy'n barnu,
I gwrdd â Jem, a rhoi i lawr
Arwres fawr y gweithdy.

Roedd Jem yn pwytho a mwmian tôn
Pan ddaeth y sôn amdanynt,
Mewn picfforch bigfain gafael wnaeth
Ac aeth fel cwthwm corwynt,
A ger Llanwnda, gan roi sgrech,
Cornelodd chwech ohonynt.

Ac yna hanner dwsin mwy
A ddaliodd drwy grochweiddi,
Ac at y Cotiau Coch yn hy
Eu gyrru bentigili,
A hwythau'n gweiddi 'O la la!'
A dala dwylo'i gily'.

Daeth dyn milisia'n ara deg
Ymlaen a'i geg ar agor,
Medd Jem wrth hwnnw, 'Deffra, ddyn,
Rhag cael dy hun ar elor,
Rho glo ar 'rhain heb oedi'n ffôl,
Rwy'n mynd yn ôl am ragor'.

Ond crwydrai'r Ffrancod erbyn hyn
Dros ddôl a bryn a phobman,
Medd Jem, 'Mae'n rhaid bod ffordd, myn brain,
Ar 'rhain i godi ofan,
Fel na ddont mwy i'n henwlad bur
Ar antur i whilmentan'.

A galw wnaeth ar wragedd bro,
'Ar fyr o dro dowch yma,
A dygwch gennych', llefai'n groch,
'Eich sioliau coch pob copa',
'Doedd neb o'u plith—mor fawr eu parch—
Wrthodai arch Jemima.

Ac ar y llethrau'r gwragedd fu
Yn martsio fry fel sawdwyr,
A Jem yn arwain yn ddi-gryn,
Nes dychryn yr hen Ffrancwyr,
'O'n cwmpas', gwaeddent ag un floedd,
'Rhyw filoedd sydd o filwyr!'

A gwelwyd hwy heb fawr o dro
Yn heidio i draeth Wdig,
Ac yno ildio'u harfau i gyd.
Os oedd eu bryd cythreulig
Ar goncro'r wlad, eu rhan fu cael
Ymadael yn siomedig.

Ymhell oddi yno, 'nôl y si,
Roedd Boni ar fin noswylio—
Efe a'i briod ieuanc oed,
Pan roed yr hanes iddo
Am gampau Jem—ac meddai'n flin,
'O Josephine—ddim heno'.

Chwi ddaeth i wrando, Gymry glân
Ar hyn o gân yn gynnes,
Rhowch i Jemima fawr eich clod
Wrth gofio'i hynod hanes
Yn dod â'r Ffrancod at eu coed,
P'le 'rioed fu'r fath arwres?

VERNON JONES

Y MAE'N DEBYG mai am ei gywydd coffa i Ryan Davies y mae Vernon Jones fwyaf adnabyddus fel bardd gan y bu llawer o ganu arno ar gerdd-dant yn ddiweddar ar lwyfannau eisteddfodol ledled Cymru. Cynnyrch eisteddfod oedd y cywydd hwnnw fel y mwyafrif o'i gerddi: y mae wedi ennill cadeiriau a choronau'r eisteddfodau 'taleithiol' bron i gyd ac wedi bod yn fuddugol ar y cywydd a'r soned, ac am delynegion, tribannau a cherddi *vers libre* yn yr Eisteddfod Genedlaethol.

Fe'i ganed ym Mach-y-rhew, Rhydyfelin ger Aberystwyth yn 1936 ond dychwelodd i dir ei wreiddiau ym Mhenygarn yn unarddeg oed. Bu'n gwasanaethu ar ffermydd yn ardal Bow Street am gyfnod wedi gadael Ysgol Ramadeg Ardwyn, cyn dod adre i weithio ar fferm y teulu, Gaerwen. Fel aelod o Glwb Ffermwyr Ifainc Talybont y dechreuodd adrodd, barddoni a 'hela steddfodau'. Datblygodd yn adroddwr o fri gan gipio'r brif wobr yn Eisteddfod Genedlaethol y Fflint yn 1969. Ei addysgu ei hun a wnaeth yn bennaf, ond cafodd fudd mawr yng nghwmni'r Parch. Roger Jones, Talybont a ddysgodd y cynganeddion iddo ac o fynychu dosbarthiadau Gwenallt a Gerallt Jones ar lenyddiaeth Gymraeg yn Rhydypennau yn ystod y pumdegau. Dysgodd lawer hefyd yng nghwmni Ifor Davies a fu'n gyfaill da ac yn gymorth mawr iddo ar hyd y blynyddoedd.

Y mae'n aelod o staff y *Cambrian News* er 1972 ac yn llwyddo'n rhyfeddol i gyfuno'i waith fel darllenydd â gwaith y fferm ac â'r galwadau mynych sydd arno i feirniadu adrodd a llenyddiaeth mewn eisteddfodau ar hyd a lled y wlad. Yn ddiweddar y mae wedi dechrau adrodd eto er mwyn cefnogi eisteddfodau bach yr ardal sy'n prysur ddirywio oherwydd prinder cystadleuwyr. Cyhoeddodd ddwy gyfrol o gerddi, *Llwch Oged* yn 1968 a *Gogerddan a Cherddi Eraill* yn 1982.

Y Parch. Roger Jones, Talybont

I Dduw yn dyst, yn ei ddinod Ostyn
Yr âi'n ei gwman i rannu'i gymun,
A chynganeddu wrth fagu'i fwgyn,
Ein hail Gynddelw a'i gi yn ei ddilyn;
Er y poen yn ŵr penwyn—bu'n ddiddan,
A bu iach ei gân a'i winc bachgennyn.

Gofal

Pwy laddodd liw dydd
   Fwyalchen Cilgwri
A dwyn o gof
   Lewion ei stori?

'Myfi,' meddai'r clerc
   Yng nghysgod y Gwynfryn,
'Fi dorrodd ei gwddf
   Â chwricwlwm plentyn'.

Pwy a'i stwffiodd yn gorn
   Yn llwch Sain Ffagan,
Pwy ond myfi—
   Seithenyn y pentan?

Emyn Cynhaeaf

O Arglwydd y cynhaeaf
  Braenara eto dir
Ar lymder erwau angen
  I'r had 'r ôl gaeaf hir.

Anadla Dy ddaioni
  Ym mhridd ein cynnyrch dwys,
A ffrwydred heulwen gwanwyn
  Yr egin dan y gŵys.

Yn oriau'r cynaeafu
  Bendithia'r dwylo brwd
Ag awyr las ddilygredd
  Wrth drin a chasglu'r cnwd.

Diolchwn am ddarpariaeth
  Yr ebran sydd dan do,
Ydlannau o fodlonrwydd
  A'th hydre'n sgubo'r fro.

O maddau holl fydolrwydd
  A rhemp ein rhuthro ni
Ar ddaear oedd mor sanctaidd
  Un waith pan luniaist hi.

Dad annwyl y tymhorau
  Rhoist gymorth yn ei bryd,
Dysg ni yn nydd digonedd
  I rannu'r bwrdd â'r byd.

Chwe Aderyn Gwyllt

Tylluan

Liw nos mae yn ei helfen
   Yn gecrus ddweud y drefen
A chyda'r dydd mae'n mynd i'w phlu
A phwdu rhag yr heulwen.

Brân

Tri pheth sy'n gas gan freinan,
   Adnabod het y bwgan,
   Sŵn y llif ym môn y wig,
A hidlo brig mewn ydlan.

Crechi

Breuddwydiwr coesau meinion,
   Ei big mor hir â'i gynffon,
A chodi pysgod yw ei drêd
Heb drwydded yn yr afon.

Cornchwiglen

I lawr i'r wlad mae'n tynnu
   Pan fydd hi'n altrad tywy'
A mynd yn ôl gan godi het
Fel magnet am y myny'.

Ysguthan

Hi dyr y glas eginyn,
   Hi dyr ei chŵyn yn sydyn,
   Pan dyr y wawr bydd gwn dan glog
   A chog yn gwledda'i chigyn.

Penfelyn

Clywch e' ar lôn y felin
   A'i sianto anghyffredin
   I'w gymar hardd mewn mantell aur
   A'i draed ar bigau'r eithin.

Ifor Davies
(Bardd a Cherddor)

Cynhyrfus, megis gwifren fyw o drydan,
    Yn holi cyn i'r ateb ddarfod dweud,
Estyn ei ddyddiau yn y gadair lydan
    A'i ofid am 'r hen fro a'i phob ymwneud.
Melys oedd cordiau côr a chorn y cynydd
    I'w glust, a dyfroedd llywaeth llyn Pen-dam
Yn cuddio o dan sgerti pîn y mynydd,
    Dychwelent ar sgrin y cof pan ballodd cam.
Ofer pob galw arno i bedoli
    Ein cerddi cloff i'r Genedlaethol ras,
Neu brofi min ei ddant ar hwyr dafoli
    Gweddillion gwledd y Brifwyl gyda blas,
Ofer yw codi ffôn, ni eilw'r llais,
Rhyngom mae tyle uwch na Rhiw Pen-glais.

Baled Y Piod a'r Brain

If you ever played for Borth against Bow Street without committing a single foul, then, sir, you are a gentleman in the true sense of the word—Y Barnwr Arthian Davies.

Mae ffermdy Ty'nllechwedd rhwng Bwstryd a'r Borth ar
y banc
Ac i Rydypennau i'r ysgol âi Nedw yn llanc,
Ond gan mai i'r Babell gerllaw yr âi ar y Sul
Â Borth yr ymunodd, a llyncodd gwŷr Bwstryd y mul,
Cans nid oedd mo'i debyg yn driblo ar gaeau trwm gwlyb,
Yn sglefrio fel Billy Meredith drwy'r corsdir ar wib—
Byddai popeth yn iawn, ond bod gêm fawr y tymor yn
prysur nesáu
Ar ddydd Gŵyl San Steffan i lawr ym Mrynowen am chwar-
ter i ddau.

Am frwydrau cynhyrfus yr oesau 'doedd debyg i'r rhain
A hen chwech i'w setlo o hyd rhwng y Piod a'r Brain.
Y ffordd fawr yn gul gan gefnogwyr ar feic ac ar droed
A rhai yn manteisio ar bwt bach o bastwn o'r coed—
Dau gyfaill oedd ficer y Borth a gweinidog y Garn
Ond heddiw fe gadwai y ddau ar wahân rhag y Farn—
Popeth yn iawn, ond 'roedd Nedw yn chwarae i'r Borth ar
y dde
A neb llai na Ossie Bach Hughes oedd y reff lan o'r dre.

Dyna bib Ossie Hughes! A'r gêm yn ysbryd yr Ŵyl
Yn symud o gyffro i gyffro a'r dyrfa mewn hwyl.
Daeth rasbad o groesiad o'r asgell fel pryfyn llwyd
Ond ni fedrai Magor gonecto a llithrodd i'r rhwyd,
Ac wrth ei ryddhau fe sgoriodd y Brain ac y brêc
Er bod dau yn camsefyll—Huw Boston a Dai Kittiwake.
Aeth pethau o chwith gyda Nedw yn chwarae i'r Borth ar
y dde
Ac Ossie Bach Hughes wedi colli ei sbecs ar y ffordd lan
o'r dre.

Er bod Wil Myshyrwms fel craig yn amddiffyn y Brain
Dwy funud cyn hanner fe'i twyllwyd gan flaenwr bach
main,
Sef John Munson Roberts. Aeth heibio â'r bêl wrth ei
draed
Gyda gwthiad reit slei yr un pryd, a chynhyrfodd y gwaed!
Synhwyrai Fred Pugh yr ergyd a throes ei ben ôl,
'Self defence' mynt fe, ond tapiodd J.M. hi i'r gôl.
Un-Un ar yr egwyl, ond 'roedd Nedw yn dal gyda Borth ar
y dde
Ac Ossie Bach Hughes yn proffwydo i'w leinsmyn am uffern
o le!

I ffwrdd â'r ail hanner yn storm ar chwibaniad y bib
A'r Piod a'r Brain yn amlwg am dorri eu crib,
A gwŷr y coleri crwn yn fyddar ers tro
Gyda'r 'damits' a'r 'ufferns' yn 'b's ac yn 'ff's dros y fro!
Mae'n rhaid bod yr haul yn llygaid Jac-Bach-Bob-Man,
Neu Satan yn wincio ar grosbar â'i gefn at y llan
Cans ar ei ben-glin y disgynnodd y bêl a thasgu o Jac
At neb llai na Nedw Tynllechwedd, a'r marcio am unwaith
yn llac.

'Does neb byth yn siwr beth ddigwyddodd pan lamodd fel
hydd
(Ond nid yw Rhagluniaeth bob amser yn ddoeth ar y
dydd)
A pham, o bob diwrnod, y cododd y twrchyn bach du
Ei gnwcyn o bridd yn y penalti bocs mor hy,
Ond ni welodd Nedw y cnwcyn na'r droed mewn o'r cefn
A thwmblodd yn hedlong, efe a Rhys Nymbar Sefn.
Dyna'r drwg o gael Nedw Tynllechwedd i chwarae i'r Brain
ar y dde
A reff sydd â chefnder i'w wraig yn y Borth wedi dianc
o'r dre.

Wedi egwyl o ddadlau a chega fel gwyddau ar lyn
Fe bwyntiodd y reff yn grynedig at y smotyn gwyn.
Yng nghanol yn dryswch coesgamodd Moc Fay am y bêl,
Aeth heibio Elystan fel bollt drwy y rhwyd i'r cae cêl.
Bu bloedd annaearol, rhyw gynfyd o floedd dros y cae
A'r ddwyblaid yng ngyddfau ei gilydd pob cam at y bae,
Ac er i bois Bwstryd goleru y reff, fe safodd y sgôr
A diolch i'r drefn, 'roedd y teid mas rhy bell i'w luchio i'r
                                                    môr!

Chwi gewri Cors Fochno a gwŷr anrhydeddus Pen-garn
Rhowch ddiolch i'r nefoedd nad ydych dan gysgod y
                                                    Farn!
Mae'r crysau a rwygwyd yn lân ac yn gyfan ers tro
A chreithiau y clwyfau a'r clais wedi cau yn y co'.
Drwy gyfraith yr Arglwydd, i gapten y Brain daeth
                                                    edifarhad
A cheidwad y Piod yn arglwydd yng nghyfraith y wlad,
Deil Nedw ar waelod y lôn i gloffi rhwng aswy a de
Ond mae Ossie Bach Hughes yn rhy bell i ddod fyny o'r
                                                    dre.

LLEUCU MORGAN

YN WYRES i'r Prifardd Dewi Morgan ar ochr ei thad ac yn perthyn i deulu diwylliedig Garth Lwyfain, Bow Street, ar ochr ei mam, y mae gwreiddiau Lleucu Morgan yn nwfn yn nhir ac yn nhraddodiad barddol gogledd Ceredigion. Dan arweiniad ei hathro Cymraeg, Alun Jones, y magodd ddiddordeb mewn llenyddiaeth Gymraeg. Tra yr oedd yn y chweched dosbarth yn Ysgol Gyfun Penweddig enillodd gadair Eisteddfod yr Urdd a chyhoeddwyd casgliad o'i gwaith ynghyd â cherddi rhai o'i chyd-ddisgyblion mewn cyfrol yng nghyfres Beirdd Answyddogol Y Lolfa, *Rhy Ifanc i Farw, Rhy Hen i Fyw.*

Bu'n aelod o dîm Talwrn y Beirdd Neuadd Pantycelyn pan yn fyfyriwr yng Ngholeg y Brifysgol Aberystwyth. Yn weithgar a gweithredol yn ymgyrchoedd Cymdeithas yr Iaith, ei chenedlaetholdeb tanbaid yn anad dim a'i hysgogai i farddoni yn ystod y cyfnod hwnnw. Wedi ennill gradd dosbarth cyntaf yn y Gymraeg, cafodd ddoethuriaeth am astudiaeth o'r Saith Pechod Marwol yng ngwaith Beirdd yr Uchelwyr. Bu'n olygydd i wasg Y Lolfa am gyfnod o rhyw ddwy flynedd gan ymgartrefu gyda'i gŵr, Arwel, yn Nhaliesin. Ganed eu mab Gruffudd yn 1990 ac ef, yn ddi-os, yw prif ysgogyddd ei hawen bellach!

Diolch i Gymdeithas yr Iaith am ganiatâd i gynnwys y gerdd 'Y Graig a'r Dryw' a. gyhoeddwyd ganddynt ar garden yn 1986 ar achlysur marwolaeth Y Parch. Lewis Valentine.

Newid

(Y Ferch yn Fam)

Oriau byr sydd i'r nos
wrth iddi chwarae bî-pô tu ôl i'r soffa;
maen nhw'n hedfan, fel munudau,
i ddifancoll
er iddi ysu am gwsg;
a chroeso cymysg gaiff y bore
sy'n sgrechian ei ffordd o'r cot.
Sylwodd hi ddim, cyn y newid,
ar ei hymennydd yn crebachu
wrth i'r addysg a arllwysodd iddo
dros flynyddoedd
ei adael,
a gadael dim ar ôl
ond hwiangerddi
a rhestr siopa 'pethe pen-ôl'.
Chlywodd hi mo'r chwerthin pert
yn troi'n wichian
ac ni ddysgodd
sut i drin colic
yn y coleg.
Theimlodd hi ddim, bryd hynny,
gaethiwed y prydau prydlon
na charchar y sinc
a phryder;
cymerodd ei lle
heb yn wybod, bron,
yn nhrefn pethau
er haeru ganwaith
'nad felly byddai hi'.

A dyma hi eto
yn cyfri'r dyddiau ers y gwaed,
yn ddwl o hapus
fel plentyn yn disgwyl
am y Nadolig.

Lili Wen Fach

Gwthi
drwy agen o gnawd blinedig—
plisgyn
dan lond gaea o rew—
a chracio drwy'r gaenen ola;
y cynta
o'r anweladwy aneirif yn y pridd,
yn llwythog gan obaith
gwanwyn,
yn paentio eto, eto, eto
hen, hen ddelwedd.

Sgrech
wrth gyrraedd byd,
yn llond coflaid o flodyn
i'th osod yn llygaid y byd
yn ddrych
i faich fy ngobeithion
i'th fwydo a'th fwytho . . .

Wiw i mi fodio'n rhy frwd
rhag stompio'r petalau
a deifio dy dwf.

A hyn sy'n anodd, 'mlodyn i—
dysgu gadael ôl,
fel anadliad,
heb adael craith.

Bwthyn

Hen furddun yn syrthio'n bentwr
Dan gysgod y mynydd llwyd
Yng nghornel bella'r byd
A'i oes wedi hen ddod i ben.
Dylyfa'i ên drwy'r dyddiau main
Mewn niwl, mewn gwynt,
Yn hen ŵr ar goll yn ei gynefin
Wedi hen dywallt ei waed
Dros wastadeddau estron;
Poera'r glaw ar ei dalcen
A rhudda'r haul y trawstiau
Awyr-agored, brau:
Gwaed—a fagwyd o ofal
A chariad cysgod cartref—
Wedi ei chwalu'n drwch
Wrth chwilio'n chwil
Gaib 'mysg cibiau'r moch.

Saeson a ddaeth yn rhy fore
I sbriwsio'r hen ŵr;
Stripiwyd y trawstiau pwdr
Yn y to ac ar y stâr;
Ac wele baentio wal y lownj yn 'apricot white';
Arfogwyd y gegin a lectreiddiwyd y llofft
Cyn codi'r W.C. yn y cwtsh dan stâr
A chael dŵr i'r tap . . .
Paentiwyd dy wefusau'n goch,
Dy aeliau'n las,
A phlastrwyd dy ruddiau â phowdwr gwyn:
Rhoddodd y caredigion gwâr
Het newydd sbon
Rhag chwip y gwynt am dy ben,
A'th gael yn ifanc eto fyth,
Yn smart ger yr 'extension',
Yn swel ger garej y Saab:
Cest waed o rywle, 'r hen ŵr,

Cest waed i staenio'r gwythiennau stêl
Unwaith eto wedi'r aros hir.

Ni welodd neb, ond yr hen ŵr â'r wyneb clown,
Mo'r gwenwyn yn ceulo yn y gwaed.

Angladd Hen Wraig

'Gall y byd fforddio'i cholli:
Haws byd hebddi,
Hi hen, wan
A dreisiwyd.'

Ysgyrnygwyd arni tu ôl i wefusau cau;
Rheibiwyd ei harddwch aeddfed
Wedi awr ifanc ei gogoniant.
Ei phobl ei hun yn euog, rydd,
Ar funud y marw mud a di-gof
Yng ngŵydd y tystion pell
A noddodd iddi gardod gynt
Pan oedd iddi fflam.

Er haeddu harddwch ei henaint,
Aeth, yn angof, i'w daear
Heb adael dim yn adfail
I goffadwriaeth gwaed byw ei gorffennol.
Pallodd y nwyd yn y gwythiennau llwythog.

Daeth awr i gyfri'r golled, mewn mynwent leidiog,
Ond ni fu cyfri:
Cau'r bedd ar y corff marw
Heb wastraffu deigryn.
Hi, hen yn dod i ben,
Yn suddo i ddifodiant
Gan hepgor tystiolaeth fyw
O'r prydferthwch a fu.
Cwympo, yn grair, i dudalennau'r gorffennol,
A disodli ei cheinder gan wacter di-fflam,
Wrth iddi ymbellau i hanes
Ac yn wyneb y byd,
Beidio â bod.

Mae pethau byw, o raid, yn marw,
Ond nid 'peth'
Yw iaith.

Y Graig a'r Dryw

(Er cof am Lewis Valentine)

Pan oedd cadwynau'n ysgyrnygu
Am arddyrnau ufudd,
A thaeogion crwm
Yn cysgu yng nghysgod y fynydd-graig,
Fe sylwaist ar y dryw
Oedd wrthi'n
Plagio'r graig â'i big.
Fe glywaist ti daran yfory
Yn y trydar tawel,
Wrth i'r hollt ymwthio'n wythïen
Bitw, bitw
Ar wyneb hacarn y graig.
Fe welaist furiau Jerico'n chwalu, yfory,
A'r floedd yn chwipio'n rhyddid
Tu allan.

Deil dy fflam i ruddo'r creigfur,
A chân y dryw i gosi, cosi, ystlys y bwystfil.

Rhodd

Dyma hi i ti.
Fe'i gwelaf yn dy wyneb,
a'th ogan cynhyrfus
yn rhubanu'n barablus, ddi-barabl
ar antur y bysedd bach;
trimins yn gweiddi eu hapêl,
yn bertach i ti nawr
na chynnwys y parsel;
dy faldordd di-air
yn closio, closio
at iaith.

'Weli di mo'i gwerth
nes y cei dithau blant;
nes y clywi di'r gogan
yn troi'n air ar wefus betrus
yn chwilio
a chael;
nes y teimli dithau hefyd
bwysau ei baich
ar bob llais a lliw.
(Cofia am y gadwyn sy' ynghlwm.)
Dyma hi i ti. Cymer hi.

Daw'r papur yn rhydd,
dy wên yn lledu,
a ffrwydra gair o'r gogan:
'Pêl!'